拉撒路：
盧因小說二集

盧　因　著

黎漢傑　編

目　錄

序：從《拉撒路》看盧因的四十年　　李洛霞

〈拉撒路〉不但是本書的書名，也是本書開首的第一篇，盧因還是喜歡這個小説的。

多年前檢閲舊雜誌，曾經把《文壇》月刊從頭到尾翻了一遍，來到第 178 期，見目錄上有短篇小説〈拉撒路〉，作者「馬婁」，拉撒路是天主教新約聖經的人物，耶穌行奇跡令他死而復生；作者馬婁的名字卻是頭一次在《文壇》出現。馬上翻到那頁，於是看了一篇眼前一亮的小説。這小説，只看一遍不夠，必要專心仔細的再讀，方能豁然大悟，明白為何叫做「拉撒路」。小説看罷，心裏愉快，並非因為這是個罪人改邪歸正的故事，而是終於在文風保守的《文壇》，讀到一段新鮮漂亮的小説，當時就喜歡上作者的行文風格。

盧因在《文壇》發表了五個短篇，它們是〈拉撒路〉、〈暗層〉、〈少年牧師手記〉、〈生命的最低層〉和〈陰影〉，除了〈拉撒路〉，都收在 2021 年出版的小説集《颱風季》裏，為什麼不把〈拉撒路〉輯入呢？

現在想來，也許是盧因的故意，要把〈拉撒路〉留著，作為跟著出版的新書名字。

《颱風季》收錄了盧因 1950 至 1960 年代的作品共廿三篇，都是小説，《拉撒路》有作品廿五篇，除了小説，還有

散文，或可歸類為散文化的小說，寫作年份從 1960 到 1990 年代末——〈拉撒路〉於 1960 年 1 月發表，作者執筆時還是 1950 年代哩——足足四十年，這本書從寫作年份到文類都較為複雜。

一本書收錄了作者四十年來的作品，固然是作者個人的精心安排，於讀者而言，卻方便了對作者創作生涯的審視，從而對作者的作品有更廣闊及更深入的認識。以《拉撒路》來說，書裏有五篇小說寫於 1960 年代，然後是二十篇寫於 1980 到 1990 年代的小說與散文，沒有一篇是 1970 年代的，為何有這十多年的空白，敢問這十多年作者何處去了，為何不寫？有機會應要問問。

寫於六十年代的五篇小說，應該是盧因對小說創作的發燒期，不但寫作的熱情高，而且喜歡嘗試不同的題材，〈拉撒路〉寫刑滿出獄的「我」在監獄裏度過的最後一個日夜，馬上就要恢復自由的「我」，腦袋裏想些什麼，紅丸、巴比通、白粉、牧師、醫生，獄官為他寫的職業介紹信？有趣的是，「我」在「命運、生活」這兩個詞語裏糾結的同時，又時刻想到獄警獄卒的「殖民的聲調、殖民地嗓子」；幫辦有人情味，但那是「殖民地產品」；抽著沙展送的紙煙，想到的卻是香煙裏有「殖民地味」，如此種種，莫不反映了作者對英國統治下的香港憤懣抑鬱的情懷。

同樣在小說裏滲入國族感情與身份迷惘的是〈異國夢〉，小說以第一人稱，寫我在北婆羅一個森林小鎮與一個土著少女的戀愛。盧因在小說裏詳細描寫了當地土著的生活風俗習慣，

如鬥雞、篝火會、馬來男子對中國女子的慾望，土著女子對中國男子的仰慕等等，簡直可以作獵奇小說看。然而盧因想表達的不單單是個以悲劇告終的愛情故事，他要寫的是華人與馬來人的矛盾，即使我在北婆羅成長，是個血氣方剛的青年，又與馬來姑娘洛芝熱戀，但是仍會有「湖南的女孩子很多情，蘇州的女孩子很漂亮，上海的女孩子很會打情罵俏」的想像，我明白「我生長在北婆羅洲，中國是怎樣的，壓根兒不知道，也從未渴望認識中國的女孩子」，我只希望與洛芝在一起，「我只要求這些，此外，我對我的祖國又何所求呢？」。然而與當地人的格格不入，在我與當地土著兩雄爭美時更明顯，儘管我於此地生活，但我在當地人眼中始終是個異類。小說結尾寫我在船上遇到一個乘客，問我的目的地：「哪一個中國？台灣的？大陸的？」，而我是到香港去的，這就來到小說裏比較隱晦的主題：我是誰？

〈戀愛故事〉、〈黃風砂〉以香港為背景，前者是一個「命運的競技場上的失敗者」，電影看了一半，中途離場，在路上零思碎念，從電影到藝術到哲學到讓他失戀的女朋友都想了個遍；後者描寫低下層的艱苦：患肺癆的修路工人被判頭欺詐與拖欠、情同手足的工友的江湖義氣，雖然大家都沒有美好的明天。

與〈戀愛故事〉同樣寫於 1960 年的〈新口岸〉是盧因小說創作的另一種嘗試，寫女性的婚外情，丈夫是海員，遠在歐洲，而在澳門的妻子與葡萄牙青年如夢似幻的熱戀，盧因以他獨特的文筆，時虛時實的文字剪接與跳躍，讓小說呈現一片迷

離的海市蜃樓景像。

盧因觸碰女性心理的小説還有〈春盡〉，寫作時間來到 1986 年，〈春盡〉的情節結構與人物書寫更為複雜，小説由「我」開始，擴展到不同女子的故事，每個角色各有聲音自有糾結，細碎的事件如水銀瀉地卻又盤繞交錯，最後作者把千絲萬縷一收，頭緒又回到「我」身上，這個帶有懸念的複調小説，與盧因早期的小説比較，差異頗大。

香港回歸前，不少人選擇移民，條件好的申請較容易，條件差的亦有門路，其中一種方法是結婚，多數是女子嫁到外國去。以盧因移居海外多年，必定見識不少這樣的婚姻，此所以有〈相親〉這一篇。小説裏要找老婆的是個住在加拿大的金山伯，沒讀過什麼書，身無長物，更別説有幾多房產物業在手了，然而他即將會得到一個從香港過來的新娘，這新娘本身有物業有女兒，只是聽説了金山伯在彼邦很有作為，決定飄洋過海以身相許。無疑這是個笑中有淚的小説，大概題材已夠沉重，盧因改用較輕快的筆調出之，讀來又是另一種感受。

如果盧因寫武俠小説，或者是加入武俠元素的歷史小説，大家怎麼看呢？這樣的實驗有〈醉倒〉與〈彈筑〉，又是另一道奇詭的文學風景。〈醉倒〉與〈彈筑〉要連著一起看，因為小説的主角是同一個人——荊軻。荊軻刺秦王的故事見於多種史書，事起於燕太子丹密謀刺秦，事結於荊軻刺秦失敗身死，這是不能改變的史實，然而從太子丹召見荊軻，到荊軻在秦王面前圖窮匕現，這中間卻有許多想像空間，稍加發揮即有無盡故事，例如史書記載荊軻出發前：「有所待，欲俱，其人居遠

未來，而為留待」，荊軻在等人，可是太子丹一再催迫，無奈起程。荊軻等的是誰，一個隱世高人？作者問：如果等到了，去的是兩位高手，一擊而驚天下，止干戈，歷史將怎樣續寫呢？

盧因不寫假如刺秦成功會如何如何，而是以小說家身份，寫那位神秘人物，再把無限可能的聯想留給讀者。如果〈醉倒〉寫的是遺憾，〈彈筑〉寫的就是惆悵，一乘馬車，載著荊軻與高漸離，他們是高山流水惺惺相惜的知己，然而來到河邊，風蕭蕭兮易水寒，終須分手，是生離死別。小說寫高漸離與荊軻的相遇相知，最後是高漸離擊筑悲歌：「壯士一去兮不復還」，小說結尾：「漸褪的暮色更像頭罩，慢慢罩住了無邊際的空間；從天那邊，展開半色淡彩，罩住了地這邊。無窮無盡，又好像難以形容的幽靈」幾句，如重石壓在人心頭。

《拉撒路》裏，有不少文章介乎小說與散文之間，以寫作年份看，都是盧因定居加拿大後寫的，往往也就從當地生活裏取材，〈閨房情趣〉、〈捉雲小記〉、〈松香〉、〈魚喪〉、〈市書〉、〈奇遇〉幾篇寫的都是父母兒女、夫妻朋友的日常，平常日子裏又有小驚喜小趣味，這幾篇文章的寫法，許定銘曾作介紹：「……盧因已走進了另一境界，小說創作走向散文化，無故事，只有片段……不單沒有引人入勝的故事情節，連對話也摒棄引號，混在段落裏隨意書寫，完全是：你接受也好，不接受也好，老子就愛這樣！」（見許定銘〈看盧因表演「一指禪」，《香港文學醉一生一世》，頁 176），看來盧因很喜歡這種寫法，而且自 1980 年代始，到寫於 1998 年，列為本書壓

軸篇的〈情人佳節〉，都是這種看來隨意的流水行雲。

　　還可以指出的是，沿著本書從頭到尾讀下來——從作者廿多歲的作品到六十多歲的，可以清楚得見作者心境與文風的轉變，從青年時代悶雷似的憤懣不平，中年後轉而為戲謔嘲弄，到了1990年代步入黃金之秋，作者的文章已經寫得瀟灑自由，完全是豁然開朗雲淡風輕。

　　以讀者眼光看盧因，看法始終是：盧因是個多變、不羈的作家，從行文到取材都是。所以如果在這本書裏，忽然讀到一篇好像是海明威的，並不稀奇，我說的是〈費里莎蒼龍〉。蒼蒼茫茫的費里莎大河上，我與尼克逆流而上，在悲傷的故事裏穿梭，尼克總是有許多為什麼的問題，怎麼能夠一一解答呢，我説尼克，你慢慢自然會明白的。看，連語氣都似尼克的父親。盧因寫尼克，也許是向海明威致意，也許是他興之所至。

　　讀者如我，只要喜歡，自然會跟得上盧因作品裏的看似無心與寫意。

二〇二二年二月廿二日

拉撒路

　　一九五八。芝麻灣。海風呼啦呼啦地颳著，曾經一次長起來的草兒彷彿義莊上的棺材黃麻麻地停在那凸凹的山地上。這年頭真倒楣，行了個他媽的衰運。秋季的打比賽中失敗，反而碰了一鼻子灰。誰會否認人的生命不是被命運牽著走的？這些年頭做小偷也得碰運氣，做財主也得碰運氣，更何況做一個道友──紅丸啦，巴比通啦，白麵啦，吸的人多了，吊癮的人多了，警察的黑棒就更威風了，所以好運氣的就愈來愈少了。嘻嘻，前些兒那個胖子牧師又來講些甚麼天堂地獄一堆一堆塞不進耳朵去的話。我可不是譏諷，他的那套本來就比燒錫紙還簡單，巴比通的世界本來就容不下天堂地獄。燒不到槍龍城之虎哪有力量殺人？──喂，三口，一連三口，老子有的是青蟹，做人豪爽就總拉不上仇家，反正皇家飯有的是。運氣，生活。這兩件寶貝是孿生的。我也好像覺得自己確是胖得紅潤潤的了，去接觸一個世界到底跟進城砦是兩樣不同的事。大幫稱讚我這頭小犢可來頭不小──雪茄煙從他那尖頂的紅鼻子裏整齊而劃一地像十九世紀末的火車頭一樣冒出來。大拇指的毛茸也隱隱約約可以看見的，翹一翹。然後紳士式地踱一步。我的胳膊被那隻英倫手拍一拍，我立刻高興而又興奮：世界可真有希望咧。大幫呲牙裂

嘴地笑一笑。像一陣陣從母體來的溫暖。大幫說我有領袖才，在芝麻灣七個月來的行為比最好的大冧巴還好——他是一輩子吃皇家飯吃到上天堂的。派司我做沙展的副手。自然我的推泥車就一骨碌推到別的二仔底身上去。準有人老是把又羨又妒的瞳仁向我手榴彈似的拋過來嘛。喂！沒有人想想紮肚嘛？副手，沙展的副手！老子不願在灣裏結仇家。威風，過癮。這是生活，這是運氣。然而到了晚上，那又是另一個形態，或者說是另一個悲劇舞台。上演著現代莎士比亞的詩的悲劇。我很多晚睡不著。晚上我不是沙展的副手。從英倫祖家來的人會懷疑我偷走的。他們還懷疑這兒有人追龍咧。身都搜過了才往草席上攤的。沒有錢，沒有火柴，沒有能夠代替錫紙的架生（粵語：工具）。一切都管得很密而周詳。那個叫殺人王的同房的皇家客在黝黑的夜裏放了個響屁，砵碌一聲像蘇聯在太平洋試爆核子武器，清楚地劃著一條如無形的抽象的也沒有味的感覺的線。我老是睡不著。我想那是命運。我又想過那是生活——失眠也是生活的一部份。忽地裏我想起聖路加戒煙所。未進灣裏來之前替我檢驗體格的那位慈祥的醫生。那天他問我幾多歲時，表現著那副好奇而又不信的神情真使我羞愧。他好得像一頭白鴿。一頭象徵聖靈的白鴿。是殺人王夜裏拉尿的時候了。媽的他好像夢遊病患者一樣往牆角就撒。風吹進來。冷的空氣。喂，你的水很沸熱。我好笑地想。風又吹進來了。牆角的熱味。喂！我想叫過去。殺人王又依時依候幹完他的活。彷彿在世運跳高欄似的第一時間就跳進被窩裏去。冷。一陣母體的暖

流真是需要啊！巴比通，白粉，紅丸，我沒有甚麼好想了。
碼頭的紅燈鬼怪似的一眨一眨一眨。像是永恆。灣裏的山的
草的水的風不曾陌生，也不會陌生。感覺，改造。還有命運，
生活。吸毒犯的集中營裏的湯的飯的菜是和昨天的味兒一樣
的。營養，健康。政府說我們需要營養，健康。喂，牧師，
我悔改啦。有耗子爬進耳洞裏咧。迷矇，沒有月亮。風颼，
冷的氣流。大嶼山的海水養不住吸毒犯。我的腦子裏媽的好
像被打破了……大幫，沙展，還有殺人王的尿。迷矇。

　　我就是這樣睡醒的，我不知怎樣睡過去。「媽的，殺人
王，夜裏放尿殺人嘛？」我吭喝著。把配來的肥皂抹在面巾
上。
　　「副手，見怪不怪。老子的屁不夠響。」殺人王又小便
去了。他老是小便。——「喂，麻仔成，你這新仔，癮不夠
嘛，水，替老子倒，」殺人王做個手勢，指一指那個彷彿石
頭一般的鎅面盆：「新仔。」
　　「昨晚睡不著。我計算在灣裏拋錨的日子睡不著。」
　　「你肝火盛啦，又沒有上油幾個月。女人。」殺人王忽
然不說下去，像八歲的小孩似的拉了個大弧形：「看老子的
元氣，小便起來也像樣。」
　　殺人王走回來了。新丁有氣沒力地洗著臉。「我也算著
的，」他大半天才說了一句。「江山易改，難保我出獄後不
吸第一口白粉。」殺人王繼續嘟噥著，然後，人聲和腳步聲
又賡續的多起來。另一組的人又來洗臉了。這一組，全是毒

犯，有的毒很深，差不多吸了八九個月。有的是販毒的。他們模樣很瘦瘠的，但因為搬土、倒泥、填海、車衣、築牆，甚至煮飯幹著這些唯物主義者的勞動。他們還保留著人的血色。是的，人，社會的人，存在的人。

「彩貴，副手的英語了不起，賄賂？那獄警也想錢的。是呀，」綽號豬頭的一個漁民細聲地邊踱邊說，故意把腳步拖得慢：「起貨？想來想去總想不出法子，沒人能做這筆生意。」

——「喂，前頭的道友，想到鳳凰山築公路不成？起甚麼貨？」一個聲音忽然從他們旁邊爆出來，這聲音很像越洲飛彈的聲音。那個漁民給嚇得慌慌張張，毛手毛腳的向著廁所和洗臉間走去。

——「疍家佬，你有案底，」幫辦吆喝著。

「像這一類人真不值得可憐。暴動嘛？黑人通通都被拉鴨仔似的拉進維多利了。還好他未到赤柱去坐館。」殺人王不知甚麼時候又走了攏來，然後立刻又被幫辦喝回房去。他打的主意很好。這些黑人，靠滾吃白麵的黑人。在香港，一個立體的社會裏像他這種人多的是。

「副手，大幫喊你去，」沙展老遠老遠就踱過來。這年輕人，殖民地居民的典型。靴子的格咯格咯聲調也是殖民的聲調。喂，鼻子不高哩，我心裏想。然而這有甚麼好笑？你不知道有另一組的人講我壞話，說我會托英倫腳？我輕蔑地搖搖頭，一個黃帝種的頭，一個染過白麵的頭。沙展走攏來了。像納粹主義者的鐵手一樣，舉起右手向灣裏清晨的空間

嚴肅而又莊重地對幫辦行了一個軍禮。冷流呼的一聲颳起來了。「好消息,副手,」幫辦也好像會意笑了笑。

——「幾點?」

「冬季時間格林威治時間上午七時十五分,」幫辦戴著一個美度。那是上貨。像豬頭那짇民讚美巴比通。

沙展也看看錶。——

「有些甚麼事?」沙展好像想說話,掏出了一包好彩。但被我的話岔斷了。——我這態度好像一個資本家的態度。

「喂,你拋錨拋得久,換空氣,」他學著吸毒犯的口吻。

「出獄嗎?」

「是呀,皇家飯的味兒怎樣?」

「你拋了多久啦,」幫辦撫摸著他的下顎巴。

「七月。七個月。」我演說似的。一種政治家的心理。一種林肯向人群演說的心理。姿態安排得很活潑。

「覺得怎麼樣?」

「很好。空氣清新,休養的理想地方。」我幽默地說:「人是會改變的,我知道我已經改變了。」

「是囉,你很年輕。只不過腦袋生得一點沒有思想的。你的毒不深,所以改得快。」

——「喂,裏面的,」幫辦大聲朝廁所和洗臉間的犯人喊:「幹嗎大便小便撒得那麼久。」

「在裏面吸毒嘛?誰的私貨?誰的口糧就拖住。」殖民地的嗓子。「你知道,副手,我不大聲就不能的。」沙展好像有些苦心事向誰申吐。這世界是一個向上爬的世界。一個

爬不完爬不盡爬不到也要爬的世界。那是永恆。

在裏面的犯人通通都出來了。幫辦吩咐沙展八點鐘會有一批吸毒犯和小偷由三十一號水警押來。這責任交給他。沙展點點頭。幫辦有人情味。雖然那是殖民地產品。

「甚麼時候起錨？你知道，一年又就快完啦。」我抽著沙展送給的那口紙煙。殖民地味，我心裏想。抽煙的藝術在這超機械時代裏也得講究的。只管讓吐出來的煙成為火箭的煙屑吧。這年頭，運氣好，誰不相信在月球或者在火星有監獄？哈哈！我下意識地笑了一笑。煙，吐出來的煙，火箭的煙屑。

「你這壞鬼書生。今天，大概是吧！」

「今天出獄？今天幾號？」

「十二月卅一號。你回家過新年。」

「今天就這麼快啦？以前勞動時拖啦扯啦推啦總不覺得日子是火箭的化身。超音速。」

「今兒回家。甚麼超音速火箭，愛因斯坦死掉啦。」

「是的。」

沙展不知他在說些甚麼，我也不知道。沙展的胳膊了不起，美國式的足球員也有一個他的胳膊。真橫。橫得像萬山群島那兒的水平線。只管他在同情我，但我實際的需要不是這些。運氣，生活。今天起錨。從新做一個人嗎？沒好運氣的時候做鬼也做不成咧！

「十時那班填海工作我有馬仔協助。副手，你十時正去寫字樓。還有今天的口糧，你的衣服。大幫會告訴你的。」

殖民地的嗓子老遠老遠在嚷著。清晨的冷流。浪花濺起。

　　殺人王下意識地躺臥在牀作著一個燒錫紙吸白麵的姿勢。這情景，殺人王自己把自己拉回龍津道（砦城的一條路名）他的老家去了。立刻，房子有警車的聲音哀鳴似的打四周撲過來。殺人王抹一抹鼻子，往手心上嗅一嗅，然後又拼命嗅。跟著轉了一個身把鼻尖碰到牆上，拿起一根半折的竹管在空氣裏打了兩打，傴僂著腰像煮熟了的鮮蝦似的把自己做成一具石像。他心目中有一盞燈，別人看不見的火油燈。他純熟地向一片從甚麼地方找來的白紙上使勁地吹使勁地嗅。他沒有注意我在門外。他所注意的是一個幻覺的白麵世界，一個冷酷而無情的鬼形的社會。直到他這一個動作完了，他燃著一枝火柴，燒一燒自己的小拇指。他摸索一種味，一種第七或者第八感覺的味。他的細胞蘊含著貧血的精靈。我的血管快要爆裂了。我恨不得立刻去吸兩口，叫著老細的名字吸兩口，或者把他打倒而吸兩口。冷流。清晨的冷流，和殺人王抽象的意識的世界。他轉過身來了。這姿態做得很到家。警車哀鳴似的聲音又嗚咽起來啦。殺人王不曉得怎樣打算。他想爬上天花板，或者跳進地窖裏。甚至願意成為精靈隱藏在冷流中。警車站在他面前，牀前，每一個角落，他的周遭。他舉高雙手，口裏喃喃地說著些夢囈。活見鬼！這癮起的殺人王。他看著門口正要進來的一個三粒花警官。我踏進來。又一股冷流。空氣真冷。門還是打開著的。

　　「呸！活見鬼！該死，是你，副手。」殺人王的臉色沒有

變。他實在已經抽象式地吸了很久的了，只是我還未回房來。

　　——「見鬼，大吉利是」，殺人王乾咳一聲，吐一口唾沫，然後正經地說：「八時半開工。等會兒輪飯去。」

　　「殺人王，我今兒走啦！」我快活而又留戀地說上一句。

　　「走？你指期滿？」

　　「當然嘍，難道指逃獄？」

　　「是的。」殺人王想了一個主意：「你拋了多久錨啦？」

　　「七個月。剛剛期滿。我想，不是的。或者大幫對我好感。我把它當作優待。」

　　「喂，副手，可否託細佬做點事？」殺人王狡猾地說，精警地往外面拋一眼。然後：

　　「我給你個地址找一個老細，他有辦法運貨來的。這單生意，很好撈。」他做了個手勢。「你水路怎樣？」

　　「住嘴。人道點。我是甚麼人？」

　　他知道我冒火了，害怕我幾分。要是口糧停了五天，就出獄時連一杯奶水也買不到。

　　「副手，有錢賺呀！」

　　「我悔改，我洗手不幹。」

　　「說一說是容易的，」殺人王失望地往牀上坐。

　　「今天下午總得走了。我害怕失業。」

　　「副手，你考慮我的主意。我老細有……」

　　我像野牛一樣的咆哮起來了。

　　飯都用過了。我沒有行李。我知道今天是十二月卅一

號。踏一步是有困難的，何況踏進一個新的年頭？倒楣的時代。我要踏過去的，不管他媽的倒楣和艱難。是的，人要改變。要是以往，像初來的時候，人都說大幫會放狗咬不規則的犯人。媽的有誰被傳令去見他，飯湯捱餓沒有口糧還不算，獨個兒去填海這件事就苦啦。大嶼山現在還築路，要通到大澳去的。但我心情很輕鬆。這一回是獲釋了才去見大幫咧。不像有暴動念頭的傢伙。十時，剛巧十時。我踏在往大幫辦公室的小徑上。遠處是碼頭。沒有船，也沒有人。

大幫或者打獵去了，他把他的工作交給一個文員。他為人很好。

「大幫吩咐你在這紙上簽名，準下午趁五時一刻從長洲來的那班船回香港。」

我看著他鐵一樣的臉容。沒有表情。一切都是公式的沒有表情的工作和臉孔。

「你到事務處領東西。拿這張咭去，這是手續。」

「我曾要求過大幫寫一封介紹職業的信。」

「信？」

「是的，一封信，」我很有把握地繼續著：「介紹我到一間洋行去做 Boy 的。」

「他有，一封信。」那個鐵臉的文員在寫字枱上找了大半天才把它找了出來。

「媽的，娘個杘必！大清早便來了一班蟲！壞蟲！蛙米大蟲！」一個聲音在裏面咆哮了。

——「老趙，那個茶煲水滾啦，熄電爐掣。」

文員把信遞給我——：「我們很忙，你知道，今早又來了一批！」

「喂，老趙，那本登記簿。」另一個聲音又在裏面射出來了。多事的寫字樓，多事的大嶼山，多事的太平洋。

我的口糧除了在合作署買掉東西外剛好是三十元。三十元，在香港有甚麼用。不。我還有一封信。那是運氣。靠運氣得來的。因為我需要生活。

「你好好地回家去，你還年輕，很有作為。」沙展押著一批負責修路的犯人打我門口經過。大聲喊進來。殺人王還打著他的算盤希望說服我。他知道我閒著無事幹，借撒尿的藉口故意向我致最後的通牒。甚麼哀的美頓我都不理睬。他沒法，鐵青了臉。

「副手。不賞光就沒法。這兒不是我的地頭。」

下午，火球比氫氣彈還利害。可是一交上四時，它已經爬下山頭。漸漸的人們會沒有陽光了。胖子牧師又乘專船從長洲來了，據說他是聖公會的牧師，這個我可不清楚。他向我招手，我告訴他我五時半左右便要回去了，他快樂得跳起來：「我又少了一個幫助唱詩的助手啦。」胖子牧師好像在說教。讓天使聽，讓善良的人聽，讓所有的犯人聽。「做個好人，光明的人」，胖子牧師真要說教了。他瞥見我慚愧地望著石麻麻的地面。這景象使他記起當一班吹毛求疵的人把一個淫婦捉住提到耶穌的跟前諮詢基督，照摩西的律法那淫婦是要被石頭摔死才對。但基督低下頭在地下畫十字。後來基督說誰沒有罪誰就用石頭摔死她的時候，旁的人都一個兒

一個兒靜悄悄地離去了。基督後來對那淫婦說他也不定她的罪。牧師看一看我，慈祥地說：

「去吧，我也不定你的罪，從此不要再犯罪了。」然後，他加上一句：「這是基督說的。你看聖經。」

然後，他又替我祝福。給我施洗。──「你是屬於主的，不屬於撒旦。一切新生的人都要這樣。」

是的。我是屬於主的。一九五八，十二月，卅一日。芝麻灣的海難忘的印象。我沒有行李。船拐了個灣之後我才和另一個獄警踱出碼頭去。沒有別的犯人。沙展又在後面趕上來了。再遠點是一班放元旦假的公務員。那個鐵青臉孔的小傢伙也在那兒咧。沙展說我不用蹲在地上了（芝麻灣的犯人出獄時例要蹲在碼頭等待下船）。這印象很使我感到人間的有意義的事情。趕來的人漸漸多起來了。他們不再是毒犯而是一張張稔熟的面孔，漂亮的面孔。它們都對我友善。我好像不覺得我曾經染過毒。船慢慢的攏岸來了。上面冒著黑漆漆的煙。船上的水手把船泊好。很少人上岸，明天是元旦，誰會來這兒呢？那個水手吹著口哨，一切又都彷彿很陌生似的。人都各自提著自己的東西下船去了。那條船是「民光」。走得很快，從這兒回航去香港只消個半鐘頭。耳畔隱隱約約聽見了沙展說些甚麼但又立刻忘記了。還有豬頭和殺人王的聲音也忘記了。那新丁不知怎樣咧。船拐進梅窩又拐進坪洲。我看見芝麻灣的旗竿和碼頭，還有稔熟的樓房山頭馬路和填過的海。有點露。又入夜了。但很快很快眼前顯得黑洞

洞黑洞洞的，甚麼也不認得，胖子牧師的印象也模糊了，生命也像海水，淡淡的一大片，有時還有浪。巨浪。眼前的一切更黑洞洞了，船上沒有人聲，只有鬼眼一樣的電燈。我開始看見芝麻灣真的細下去細下去得像芝麻，跟著，連芝麻的錯覺也看不見了。我以後不能再看見它了。對我說，對殺人王和豬頭說，也對無數無數的吸毒犯。於是，眼前不能看見的芝麻灣更細小得像芝麻直至連那最後的錯覺也看不到感覺不到。

注：
根據《聖經．約翰福音》第十一章的記載，拉撒路死了四天，耶穌吩咐他從死裏復活過來，再一次成為一個有感官的人。

曾刊於《文壇》第一七八期，一九六〇年一月一日

附錄：重生的印記
——淺評短篇福音小說《拉撒路》　黎玉萍

　　大約在半年前的一次文學聚會上，我聽一位前輩提到的短篇小説〈拉撒路〉。我知道《聖經》記載了兩個拉撒路，一個在世時為乞丐，死後卻在亞伯拉罕懷中（注 1）；另一個死了四天並被埋在墳墓，耶穌基督行神跡，使他死裏復活（注 2）。到底盧因是寫哪一個拉撒路呢？之後我看到《香港當代作家作品合集選》小説卷上冊（注 3），〈拉撒路〉收在其中。盧因所寫的是得救重生的「拉撒路」。

　　自古以來，許多優秀的文學作品面世後，不一定都為人所識、所賞，但它們卻能經歷時間的淘洗。這些作品這些作品或具高瞻遠見，或者技巧高超。〈拉撒路〉是兩者兼而有之的一篇小説。

　　芝麻灣位於香港大嶼山東南部，上世紀五十年代初，香港政府在島上設立監獄性質的戒毒所，用來關押、改造「毒友」，「我」是其中一員。作者在開篇簡單交代背景後，立刻把市井口語鍛造成一個個鉤子，伸進囚犯的內心，把人物複雜的情感思緒一絲一絲勾出來。那勾出的絲線看似凌亂，然而，細品之下你會發現，這些亂絲只是一堆拼圖，作者再以超群筆法，把貌似凌亂散落的一堆絲線，化為色彩斑斕的

卡片，拼出一幅罪人得救的畫圖。

第一張小卡片顯示我的身份——

囚徒，也是基督徒。隨後拼上的幾片，說明被囚的七個月來「我」表現極佳，被派做了「沙展」（sergeant 粵語音譯，即警官）的副手，白天享受其他囚徒的羨慕和嫉妒。

「然而到了晚上就上演悲劇」

作者筆鋒一轉，以茫茫黑夜為背景描述一個囚徒的內心世界。任何人都有心靈掙扎，而黑夜中的思考最為真實、清醒。「我」清楚白天的一切不過是假象，自己的真正身份不過是沒有尊嚴和自由的罪人。之所以會淪落至此，「我」則歸咎於命運作弄。

「生活與命運」，這個命題在小說一開篇就反復出現，它揭示人一方面無法遺忘歷史傷痛，另一方又拒絕正視自己而歸咎於命運；以及人把生活與命運兩者的依存關係視為活命哲學，從而棄絕對自己罪性的認識和承擔自己的罪責等深重意義。

「誰會否認人的生命不是被命運牽著走的？」

「我老是睡不著，我想那是命運，又想過那是生活。」

人既認定自己想到的就是真理，卻又無法確信，於是不自覺地用時常失眠，讓這個命題反復醒著，這肯定與否定，陷人於深深地恐懼，人很想擺脫，便用各樣的自以為是的理性、道理給自己說法卻終究越難擺脫，而墮入更淒涼的虛妄中。

「忽地裏我想起聖路戒煙所」

在讀者被帶到黑暗無路的境地時，作者以一輕便的轉折，巧妙地從頭上投下一線曙光。

「……那位醫生問我幾歲時，表現著那副好奇而不相信的神情真使我羞愧。他好像一頭白鴿，象徵聖靈的白鴿。」

顯然，這段描寫象徵基督的救贖。醫生問我的神情，表明吸毒對我心靈身體的雙重傷害。而「我」深感羞愧是「我」認罪懺悔的開始。這段描寫看似不動聲色，其實深具穿透力，真可謂氣象萬千。表面而言，我們看到一個逼真的鏡頭，醫患兩人的表情動作活靈活現地再現眼前。透過表面，作者道出了罪人對罪惡的認識和對人生價值、心靈再造的渴望。罪人要得救重生，必須首先受聖靈（醫生的象徵）的愛和救贖才可達致。這，正是《聖經》中的拉撒路死而復活的內涵。

「喂，你的水好熱……喂，我想叫過去。」

作者的確是揮灑文字營造情節的高手，我們知道人物在處於半睡半醒、思維混亂跳躍的狀態中，前一個「喂」是暗諔老是撒夜尿的「殺人王」，後一個「喂」承接前者順勢而下，讓「我」的注意力從真實的現狀一下回到思想的深處，堪稱神來之筆。人異於動物就是人有歷史的概念，而緣何人會回憶歷史留戀歷史？這個宗教性問題，物質世界絕無可能給人以答案。人思考歷史通常會刻意忽略或迴避其宗教性，但人無法改變歷史。人有不堪的現狀，就是因為有一段不堪的歷史，不改變現狀定然直接影響將來，若要重生就必須正視自己的歷史。

「喂，牧師，我悔改啦。」

　　第三個「喂」，與其說是對人，毋寧說是對自己的未來，對永恆發出。

　　然而，悔改談何容易，人的罪性像遊走的惡獸，時時刻刻要吞噬人的靈魂。小說中的「殺人王」就是罪的象徵──
　　只有罪才可殺人至極！罪是骯髒的，它教人離開聖潔，因此，作者讓「殺人王」總與污穢相隨，那污穢有聲無形，有形有聲帶著氣味瀰漫在「我」的身邊，入侵「我」的肺腑，對「我」實施內外夾攻的同時，罪時時處處釋放信號──「殺人王」下意識地躺臥在牀作著一個燒錫紙吸白麵的姿勢……」，使「我」看著「血管快要爆炸，恨不得立刻去吸兩口。」，罪惡總想把「我」拉回罪中。不但如此，罪惡還會更進一步主動出擊──
　　當知道「我」明天就期滿出獄，重獲自由時，「殺人王」馬上慫恿、拉攏我重操舊業，再墮深淵。遭「我」拒絕便野牛般咆哮。
　　「我知道今天是十二月三十一號，踏一步是有困難的。何況踏進一個新的年頭？倒楣的時代。我要他過去的，不管他媽的倒楣和艱難。」

　　作者一方面寫罪的強大，另一方面寫人性的軟弱，與罪征戰的人何其艱難。寫到這裏神筆再現，這段話由實而虛，由具體的日子到虛幻的時間概念和不可想像的艱難，再到要把這一切踩在腳下的心志，流暢巧妙而平穩的三級跳，既把

「我」面臨的艱難，對前途的無法把握，內心的怯弱表露無遺，又把「我」鐵定悔改誓要戰勝艱難的決心寫出。然而，作者以上的一切陳述不過是鋪墊，小說的精彩和深刻之處卻在結尾部份，他借一個聖經故事，引讀者思考罪和律法之間的關係，說明「我」的真正得救重生，靠的是聖靈，而不是律法。

眾所周知，只要有人群的地方就離不開法律，然而法律對改變人心，修正人的行為到底有多大功用？作者多次為此埋下伏筆。我們知道香港實行的是當今世上號稱最公正嚴明的英國律法，但其作用到底有多大呢？小說一開始，作者即羅列一串毒品的名字，和描寫警察威風的黑棒，揭示警匪之間不斷升級的激烈矛盾，從而隱晦點出由於世風日下罪惡日增，政府不得不加大管治的力度打擊罪惡，卻依然捉襟見肘，尷尬和無奈可謂令人沮喪。

「我們很忙，你知道，今早又來了一批，」

小說的中後段，作者借文員的口，明白無誤地告訴讀者律法到底有多大作用。

「這裏一切都管得很嚴而周詳。」

再看看戒毒所中的情形。「我」雖然白天有別於眾囚，但晚上同樣難逃嚴管——

必須經過搜身查驗才可睡到牀上，多少囚徒身在囚牢心繫罪惡，不但沒有離開罪惡痛改前非，反而在潛意識裏享受罪惡——

　　例如對「殺人王」抹鼻子、嗅手心等一系列描寫，説明即使在嚴明法律管制下，罪惡尚且張狂肆虐，何況在沒有監管的自由世界裏？作者用心良苦，用筆鋒把人引向信仰。

　　「我也好像覺得自己確是胖得紅潤潤的了。」

　　整篇小説的環境都在戒毒所裏，但戒毒所對「我」最明顯的幫助只在肉體，真正使「我」靈魂得救的，是沒有出場的醫生和最後露面的胖子牧師。小説以清晰的心理線條，説明「我」得救重生並非怯懼於法律的威力，而是信仰的力量使我認知己罪，從而產生愧疚，決心悔改期望重生——這就是得救重生的印記。

　　小説的主題嚴肅而深刻，但作者並沒有使用刻板的説教方式，向讀者強硬灌輸其價值觀，而是通過生動活潑，妙趣橫生和調皮幽默的描寫，以及輕滑如鱔，神韻若龍之雅俗並存的敘述方式，為讀者慢慢拼好一幅立體而完整的救贖畫圖。小説中充滿哲思的警句，時常出其不意地於俚語中爆出，猶如流星劃過夜空，那光輝叫人很難忘懷。

　　盧因原名盧昭靈，於上個世紀中葉成名於香港文壇，是香港現代派文學的頭馬。我記得某次和瘂弦談及盧因的情形。瘂弦回憶了當時港台文壇的現代浪潮，兩地的作家同心協力、遙相呼應，然後由衷説道：「盧因的學識深不見底呀！」透過這篇功力深厚的作品，我明白瘂弦之言並非虛言。

　　隨著年月的推進，盧因的創作無論在主題和手法技巧上不斷有所突破，尤其是他充滿奇特思維的「科魔短篇小説」，

頗能配合當前人類探索外太空的新潮流。然而較之前衛作
品，我更愛這篇〈拉撒路〉。

注1：見《聖經》路加福音十六章第十九至三十一節。
注2：見《聖經》約翰福音十一章第一至四十四節。
注3：是《香港明報月刊出版社》和《新加坡青年書局》二〇一一年聯合出版。
總策劃：陳孟哲、潘耀明；主編：也斯、葉輝、鄭政恆。

二〇一四、二、十三，初稿

二〇一四、二、二十，二稿

二〇一四、二、二十四，定稿

戀愛故事

　　戀愛是荒謬的。他常常就這麼想。失過戀的人以後便很難付出情感的代價了。他是樂觀的。有時行起路來還要跳蹦蹦的鬧著。比如今天，要趕著看一場電影，他便向他的朋友提議一起跑向戲院去，看誰跑得快。今年廿五歲。五年前在學校裏，他是田徑好手。戴了眼鏡以後，好動的興趣便減少了。到今天，他文靜的個性，以甚麼來比喻它才好呢？像偷爬上來的太陽。在山頭或者在平原，它是觀望的；沒有踟躕，決斷得很快，一下子便看見它冒上來了。他的戀愛最好比作下午。付出情感的代價是相當吃力的。他懂得哲學繪畫音樂和文學不能給他女孩子。甚至他所理解的一切都不能給他女孩子。於是他孤獨。把文學的生命視作自己的生命。於是他沉默。三年來，他完全忘掉了第一個他遇上的女孩子。於是他沒有女孩子的幻覺。那時候，他和她都太年輕。他和她同樣相信愛是永恆的。第二次他遇上的，是一個最難磨滅的印象。自從透過哲學再看看自己的世界，三年中，可以忘掉的都忘掉了。他變得樂觀。熱愛哲學繪畫音樂和文學。健談。行起路來仍是老樣子：走兩步跳一步。有時還要脅他的朋友跟他一起跑。「跑啊，Ready，go！眼向前。」很快很快，

他的朋友便失去他的影子。在戲院門口，他的朋友踱過來又踱過去。找他。然後，他故意在石柱後面出現，抹著那架值六十元的 18K 金質秀朗眼鏡。拍拍他朋友的肩頭。「你好勝。」入座的時候他的朋友對他說：「注定是一個命運的競技場上的失敗者。」他忽然變得沉默。把智慧的眼光收歛起來。命運的競技場上的失敗者。失戀過兩次。那是命運。黑暗中的自己。銀幕上的人物變來變去。田納西這個劇本描寫醜惡的人性。他讀過原著。他忽然想起朋友的話。那是哲學。所有當代的哲學家和文學家都啟示真理和生命。銀幕上的人物都是平凡的。

戲還沒有完，他便不理會他的朋友逕自走出來。（The Fugitive One）。中譯的片名太看不入眼。他望著白蘭度的造型。便想起占士甸。便想起「伊甸園東」和它的作者。便想起他的 Fugitive One。汽車，巴士，行人，穿西裝的和穿唐裝的，行人，巴士，汽車，他便想起他的荒謬行徑，他的朋友了解他，他已有了一個繪畫的題材，寫自己，用達利那套超現實的技巧描寫自己——「命運的失敗者」，這是題目，用那兩位女孩子的鼻樑作自己的眼睛，記得康定斯基向蒙特里安對生命的啟示，他會記得，他還記得幾年來他珍藏著的那幅莫迪格里意安尼的少女畫像。他以為他熱愛著的這位畫家的少女很像彥。他第一個所碰上的。尤其是那對眼睛。含蓄，智慧，但如今，一切都等於完了，今天下午畫好它，汽車，巴士，行人，荒謬的世界，戀愛是荒謬的，他想。

他忘記戲院裏的朋友，他忘記他的 Fugitive One。汽車，

巴士，行人，現在，他來到亞加老街，左邊是一家戲劇。對面是另一家戲院，不同的身體掠過來又擦過去。他忘記戲院裏的那位朋友。由於朋友的那一句話他便想起他的戀愛。這是第一次他將會是最後一次就好了。他想起母親。他想起姐姐。他的思想不能集中。那一晚和彥的談話是那麼的憤怒。她從此不會見他的了。他仍然是樂觀的。有時覺得愛情虛偽。他失去彥不就等於失去一切。彥不能代表他的一切。他又跑動起來了。他的行徑真荒誕。一二一二的跑著，汽車，巴士，行人，一二一二的跑著，他忘記在戲院裏的朋友。

　　忽然，他被一個聲音叫住了：「上哪兒去？」

　　「哦！」他儘快的停下來，笑著，她是素嫣，素恩的姐姐，下週就要結婚了，她的夫婿是他的同學，一位很尊重他的朋友，他很清楚他樂觀的理想，他記得那一次他臥病在長洲休養，他到那兒寫生，特地和嫣的妹妹去探候他，那時候，他和嫣的妹妹好像黎明，好像黑夜，好像白晝，也好像上帝的整體，她下週就要結婚了。

　　「妳收到我的信？」他記得他在給她的信裏，其中這一句是非常傷感的：「我當然沒有忘記令妹。」

　　「你一定來啊，早一點。」

　　「一定，」他換一換站立的姿勢：「一定。」

　　「你這忙人，一定，好了，一定。」

　　「當然的，淦怎樣咧？」

　　「今晚你會見他？在家裏？」

　　「我今晚沒有空，但我一定會找他一趟。」

　　他和她一同輕聲地笑著，他忘記戲院裏的朋友，行人，巴士，汽車，他記得這一句話：「我當然沒有忘記令妹，」他寫這句話時，已失去昔日把妳的愁苦，當作我的愁苦那種心情了，他相信時間，時間永遠是世界的主人，他相信命運，因為他失敗過。但他不相信愛情，《牡丹亭》的傳說，《西廂記》的故事，他一直放在心裏，是為嫣的妹妹和彥而放在心裏的，她們的記憶在行人的腋下掠過，她們的印象在汽車輪下被輾碎，屬於她們的思念也不應該擠進巴士裏。

　　「舍妹也會到的。」

　　「妳指——妳。」

　　「我的婚姻期哪！噢！很好，噢。」

　　他仰天狂笑，他當然很好：樂觀，愉快，健康，他當然很好，但他發現一點，算了，他和她妹妹是陌生的，他要回去畫一幅自畫像，他忘記他那位在戲院裏的朋友，他忘記他那不能集中的思潮，盡可能地，他希望忘記過去的苦難，除了畫，他還記得：他今天約好了給李一個電話。她今天可能不用當值了，汽車，巴士，行人，他忘掉一切，他想著，直至他麻木地利用門牙磨出一句說話：「再見，」再見，就是祝福的意思，那是一句詩，「再見，」然後，他看見行人，巴士，汽車。然後，他走著。

　　他搖電話給李的時候她已經出去了，這個下午，他一共搖了三次電話給李，全不在，她出去了，幾個月來，他只見過她三次，一位矜持，崛強，高貴，似乎在找機會逃避他的女孩子，一共三次她都不在，那間醫院裏所有的女孩子都是

矜持崛強高貴的？算了，算了。他承認他是注定失敗的，他
重新拿起畫筆，看一看新寄到的《現代藝術》，那本研究沙
特的專書和《世界文學年鑒第二期》也一併從倫敦寄來了，
兩本書一共花去五十元，他賣過的畫最高的一張也不過一百
元。算了，他還答應趕一篇賣錢的小說給一位朋友，算了。
他還要趕明天的稿，算了，他是孤獨的，只有孤獨的人才屬
於哲學才屬於繪畫才屬於音樂才屬於文學，他渴望會見李的
情緒立刻冷下來。幾個月來一共三次會面，算了，超越現實，
他忘記在戲院裏的朋友，以及一切。

曾刊於《香港時報·淺水灣》，一九六〇年十二月十八日

新口岸

　　太陽和太陽的日子，一點刺激都沒有，陳詠祥一連去了六個月，應該回來了，他們沒有回來，於是她放膽去幹，在無聊的世界中個人主義是智慧的。個人主義的極限從不受制於六個月的時間。屬於太陽的兒女應該也不受制於六個月的時間才對，作為一位丈夫的太太，她應該忠於她的丈夫，忠於太陽下的日子，所有的理想沒有安慰，所有的安慰也沒有理想，六個月前的早晨，也彷彿今天的早晨；北風輕輕，已經夠砭骨了；人來人往，已經夠熱鬧了；嘟噥與哈哈，這一個世紀是足夠複雜的了。樓房很高，山很高，打開窗子，這蜿蜒的馬路一望無涯，遠處沒有一個熟識的人影，近處也沒有一條熟識的船，她渴望那青年會再來，但，打開窗子，她便意識這污濁的直覺下所產生的意識是怎麼一回事，六個月前，她的丈夫去了歐洲。除了從哥本哈根寄過一封信回來之後，據她所知，船就駛去了多惱河，這六個月的天氣變得很快咧。樓房很高，山很高，北風輕輕，吹進來了，貼著她的眼睛，那青年是玉石的造化呢？還是血的造化？關好了窗。她忽然被這個問題抓住了，他的微笑還是那麼孩子氣。自從他的腳板踐踏過這兒之後，這具鋼琴遂不再孤獨了，自從他用一種里斯本的風俗那麼自然地吻過她之後，總覺得自己年青了許多了，六個月太殘酷，里斯本的吻，

太太──「為甚麼這樣喚我」？樓房很高，山很高，坐下來，
她明白差不多五個月來，這份名字寫在水上的里斯本的愛情跟
北風一樣，無定向的來去自如，她始終會覺得害怕，一個人真
不輕易獲得某些有價值的東西，她想過珍惜它，她想過珍惜這
里斯本的青年，太太──「為甚麼害怕我呢」？南歐的音樂很
不錯，很多個晚上，這青年的手放在她的腰際，她覺得舒服，
一種丈夫不能給予的舒服，他真具有南歐人的氣質，熱情的，
音樂的，溫柔的，但她始終會覺得害怕，她的中國人的血統應
該屬於中國人，她是中國人的太太，坐下，太陽下的樓房，太
陽下的街道，太陽下的昨天和明天，太陽下的世界很多人已經
死掉了，同樣的也有很多人活過來，把生命放在輪盤上不再屬
於蒙地卡羅了，坐下，太陽下的自己的丈夫已經走得很遠了，
六個月前他的船一出了鯉魚門便看不見了，那時候，她暗自替
自己身為船主的太太而感到驕傲，她看不見年歲後面的距離，
五十歲和二十五歲，加起來剛巧是一個世紀的四份之三，然後，
她想起里斯本青年的吻和擁抱，甚至她對里斯本青年的幻覺，
一個熱愛海洋的中年人（陳詠祥自命是年青的，她的同意是勉
強的另一個說法）能給她甚麼呢？自從哥本哈根的來信以後，
據說他去了多惱河，都是在地球的那邊，想了一些太陽下的事
情，想了一些太陽下的昨天和明天，她應該忠於丈夫，鋼琴開
放著，她希望熟識的腳板會立刻來到，她很無聊，這個上午很
無聊，樓房仍然很高，山仍然很高，這個上午很無聊。

　　船果然去了多惱河，陳詠祥看著兩岸的山和古堡，它們都
存著太太的眼睛，它們都存著太太的微笑，在某一種意義上，

他早就有一個像太太那樣的女兒咧，太陽的光跌下來，他寫了一封信，才想起以前的信通通都把地址寫錯了，他怨恨自己的冒失，利物浦的禮物和哥本哈根的禮物，這一次不要冒失了，他的信寫得很長，告訴她多惱河的海水，告訴她中年人的孤獨，告訴她他怎樣把她的地址通通寫錯了。告訴她他渴望孩子。告訴她船轉回英國以後便回來。但他不知道確實的日期，告訴她到香港去等他。多惱河很長很長。陳詠祥覺得很年青。他看著兩岸的山和古堡，它們代表太太的眼睛。它們代表太太的微笑。船到了奧大利。當天就在維也納把信寄去了，他沒有複雜的思維，他相信她愛他，他更相信她能給他孩子，五十歲，他早就應該有一份上帝的產業了，廿五歲，他的幸福放在她的心上，船又走著，北歐的天氣，星星，船走著，星星走著。

「這段日子很納悶，」一個人的說話，陳詠祥點點頭。

「到巴黎去，巴黎。」他聳聳肩，星星，船走著。

他幻想著太太，「這段日子很納悶，」那水手很像要求些甚麼，但他擺起架子，船走著，到巴黎去。

太陽和太陽的日子，一點都沒有刺激，她又和那里斯本的青年會面了，他愈來愈長得英俊咧，英文寫得很好，他所給予的舒服是陳詠祥所不能做的，在這定點上，幸福是圓周以外的範圍，它沒有一定的解釋，他的手又放在她腰際了，她笑著，思想走著，思想裏丈夫的影子走著。他提議明天又到郊外去，她點頭表示很好。於是他吻她，樓房仍然很高，山仍然很高，這裏沒有第三個人，她躺下來，笑著，思想走著，情感走著，情感裏丈夫的影子走著，丈夫需要孩子，里斯本的青年需要感

覺，她笑著，星星不像太陽，月亮不像星星，他提議明天又到郊外去，她點點頭。里斯本的青年離去後，她覺得害怕，她始終會覺得害怕的，六個月，到現在，已經七個月了。

第二天，她便收到從維也納的丈夫的信。很長很長，她讀起來索然無味，很長很長，太陽下的一切都很長很長似的，她害怕，六個月，到現在，已經七個月了。

樓房很高，山也很高，它們和很長很長的太陽下的一切成正比例，在這軌迹上，一切的例證再用不著了，幸福已成了難解的結，船一轉回英國後便回來，這是陳詠祥的聲音，他愛她，要她到香港去等他，聲音，太陽下的聲音，同樣的也是聲音，她不能解釋自己害怕的原因，這里斯本的聲音使她害怕，她近來有點嘔吐的象徵。她相信會有些甚麼事發生了，瘋狂，她不能解釋瘋狂的原因，二十五年來，在一切幸福的範圍之外，她實實在在的害怕起來了，哭有甚麼用？在這定點上，所有的例證再用不著了，生存是一種行動，瘋狂和安慰，里斯本的手心拍著她的肩頭，北風輕輕，她不能想著。

「離開我，」她只能這樣叫喊：「離開我。」

「我們不可以想辦法？」

「快！離開我！」

「我們——我們——不可以——。」

「快！離開我！」

對了，她始終會覺得害怕的，對了。她始終會命令他快離開她的，樓房很高，山也很高，太陽的光又跌進來，對了，她應該盡妻子的責任，在生存的大沙漠上，口渴的人不能取水，

對了，人生是無聊的，六七個月來她都在幻覺裏度太陽下的日子，想那些太陽下的昨天和明天，接受麻木的吻好麻木的情感，船回來的時候，這害怕的感覺已經遲了，遲了一個世紀，人生是無聊的，在生存的大沙漠上，沒有水可以喝。「快！離開我。」她能有些甚麼感覺，沒有人知道，只有太陽，她的感覺誰也不知道，對了。

　　當日的下午，一塊東西從窗口拋下來，這塊東西橫在太陽的街上。

曾刊於《香港時報·淺水灣》，一九六一年一月六日

黃風砂

　　陳開枝撐起患肺病的身體，在半年內斷斷續續的工作了又休息，但休息比工作的時間多。一星期前，他託人向電燈公司的判頭游說，由他掘路鋪線。判頭以前和他合作過，這次再作馮婦，斷沒有問題的。合約規定十五日內完工。開枝找來了他的死黨方城三友和他們的一班手足。

　　陳開枝乾咳著皺眉擠眼，感喟著說：「我勘察過地勢，由普慶戲院掘起，到柯士甸道的倫敦戲院止，工程煩重。」

　　大叔咬著一枝雜牌煙，蹲在櫈上頻頻點頭：「不過，自己落手，可以多撈一筆，十五日總可以賺七百元。」

　　大叔身旁的中年漢子名叫阿祥，上個月，老婆難產死了，一直沒精打彩的悠手好閒，連工作也提不起勁。大叔問他：「喂，你怎樣打算？我們掘路，他們鋪線。」

　　「萬事有你大叔包在身上」，看上去很紮實的那個小伙子，一邊說一邊舉起酒杯道：「二一分作五，理該如此。」

　　四個人在開枝的屋子裏高談闊論，終於決定承辦那項工程。大叔對開枝說：「你身體不好，我們可以多分勞些。」

　　臨走的時候，阿祥手拉著大叔，來到樓梯的轉角處，輕聲追問：「看樣子他非要幹不可，為甚麼？」

「他老婆有身紀，自己要醫病，手頭緊。」

「無金無銀的窮鬼生兒養女放個屁！」

「好難講咧，或者他老婆要呢！」

「大叔，枝叔的病到底怎啦？」剛才拼命喝酒的小伙子逼供似的問：「我看他紅粉霏霏，不似患肺癆。」

「哈，初期患肺病的正是面色紅潤哩，我想他沒錢打理。」

現在工程做了一半。開枝每天一早出去，來到大成中學這邊的巴士總站候三號車。這天，開枝無限懊惱，端詳著老婆的肚子。最大的銀女已上工去了，在工廠織假髮。開枝有時也會歎息地自言自語說：自己雖然未讀過書，仍希望女兒識字，但，十四歲就去工廠揾命了。窗外，人聲嘈雜，一個叫賣豬腸粉的走過，阿財和阿發跳著嚷著，打開門，賣豬腸粉的老人就會不請自來。最年幼的阿寶才一歲半，靜悄悄的躺在牀上。微風吹襲，開枝咳聲又起。老妻挺著高高凸起的肚皮，走過去關窗子。她替丈夫用白布包好當天的藥水和藥丸，連同那具盛飯用的暖瓶一起遞給他。開枝站起身，垂頭喪氣的走向門口。「今晚瘦肉煲洋參，不要再抽煙啦，你要聽我說。」

開枝點點頭，倚著門，吐出一口濃痰。老妻再走過去，凸出的肚皮貼住開枝的左臂，一手扶著他，另一手拍他的脊樑。隔了不久，開枝才對老妻說：「家裏還有錢嗎？」

「還有二百。甚麼？」

「沒有甚麼，明天去見醫生照Ｘ光，一定要用錢的。」

開枝妻安慰他說：「我知道了，明天我陪你去。」

「不好，你有身紀，看情形也快要甦了。」

「我自己會知道的。」

開枝點點頭，百無聊賴的隨著人龍等候三號巴士。他覺得很疲倦，但又非要工作不可。摸摸口袋，香煙不知甚麼時候失蹤了，才驀然記起老妻勸自己戒煙的話。風比下樓前更涼，人聲也比較嘈吵。他看看手錶：六時十五分。好奇地再看看前面那搭客的「雷達」：剛剛是七時二十分。開枝的手錶慢了半小時。

今天真是一件意外：大叔氣喘如牛，趕到這邊對開枝說：「公司鋪線的判頭又拖住了，他說手足不夠，無法如期完工。」

「呸，」開枝吐出一口濃痰：「他拿去一千元不是說一切包在他身上？他在哪裏？」

「還未返工。」

「大叔，你知啦，全部工程費三千元，一千元由他先取，前天我們又領去一千，還有一個星期才完工，怎辦？」

「吉仔，」阿祥向那紮實的小伙子招呼道：「來這邊，你聽鋪線的人怎麼說？」

「他們用公司貨車運來大綑大綑電線。有幾個說他們是散工，白做了三天還未領到斗零。另一個就說：『他老母的，賭外圍狗輸掉五撇，剝到我們頭上來，他老母的！』他們愈說愈興奮。」阿吉做著手勢：「其中一個說去落他。」

「見過他沒有？」開枝反問大叔。

「還沒有。鋪線的朱四是他的姪兒，等會叫他來對話。」

「有人落他？」阿祥驚訝起來：「怪不得那一回，道友榮向他索錢不遂時這麼說：『肥仔蔡，不念舊情就看我的，你欠

我的四舊狗錢還了沒有？』唔，唔。」

到中午，大叔和開枝趕去廟街的昇記餐室見到朱四，一開口就問：「你阿叔怎搞的？拿了我的錢又梗住，昨兒他的伙記說三天未領過斗零，怎搞的？」

「阿叔的確輸了五千，阿嬸昨夜要生要死，兩公婆大打出手，鬧上差館，還沒有回家。」

「兩公婆頂頸是他的事嘛，怎能拖住我這顆，又說手足不夠，根本沒有這回事。」開枝搶著說。

「朱四，你阿叔明天若不發薪，你猜後果怎樣？」

朱四搖搖頭。他看見大叔握著拳，作出攻擊的手勢。「他不能再累我，莫怪我大叔無情，人家患病還賣命，你阿叔卻剝削工錢去賭狗，呸，這種人！」

「今兒晚上不知是否已放人。」

「沒事的」，大叔說：「夫妻頂頸小事，現在已說不定回來。」

第二天下午放工前不久，四五名鋪線的散工，把判頭肥仔蔡圍進佐敦道一家國貨公司的後巷裏，把他打得死去活來。吉仔探到消息，拉著大叔跟他跑去看：人群已散，判頭面呈瘀黑，倒在地上。「不要，不要報警，」判頭對大叔說：「這，這件工程，無法，無法完成。你，你找，找別人。」

「甚麼？」大叔咆哮著，抽住他的胸膛。

「他，他們，他們打我，不幹了，明天無人鋪線。」肥仔蔡很吃力的吐出他的念頭。

「呸，你這奸鬼，阿枝患肺癆，你不知道？你老母，你賭

輸的狗錢夠他醫病。」

　　眼看大叔的拳頭快要落下去了，一個聲音忽然叫住他：「大叔，扶他回工地再說，」開枝一邊乾咳一邊過去，跟在他後面的是阿祥。肥仔蔡的姪兒也趕來了，他狠狠的望著阿叔。

　　「媽的，肥仔蔡，拖了我們怎搞？」

　　四個人夾手夾腳把判頭放進泥溝裏，大叔氣得將喝剩的鐵觀音，撥在判頭的臉上。「你老母，」大叔總是這一句：「老虎頭上釘蝨乸，欺到老子頭頂。」

　　判頭真的不能說甚麼了。朱四說：「大叔，看在他被打的份上算了，有事慢慢講，還有六天才交貨嘛。」

　　五時正，掘路的散工全部走光了，開枝截住一輛的士，囑咐朱四陪他阿叔去找陳勝的醫館。太陽彷彿無力，光線被高聳的樓宇阻擋。開枝想起老婆的話，掏出藥水瓶，一飲而盡。中午時因這突來的事件忘記喝藥水，心想兩回一氣喝效果也是一樣的。開枝慢慢地蓋好塞子，垂下頭。

　　「大叔，我明天去照Ｘ光。六天的時間可來得及？」

　　「開枝，來得及的，你放心，萬事有我大叔包起，明兒你去治病，我再找別個判頭。蝕多少還來及的。」

　　大叔坐在泥地上，笑瞇瞇的再說一遍：「來得及。」

曾刊於《大學生活》第一卷第二期，一九六六年二月十五日

異國夢

那一年我從婆羅洲回香港，在未動程之前，我先拍電報給一位在太子酒店謀事的朋友，告訴他我準於八月十九日趁渣華郵船公司客輪芝利華抵埗，希望他能替我安排一間單身房，電報發出後第三天，我覺得限於電報簡短的內容，意有未盡，也沒有告訴他我突然返港的原因，星夜提筆寫了一封長信，第二天寄出去，兩天以後，我就乘船回香港了。

「洛芝已經死了，這是我生命裏最傷感的。算了，這故事千言萬語也說不盡，我也不願意再提起它了。

如果這是我回來的主要原因，倒是說得通的。但我懇求你，不要讓我的家人知道我今次來的消息，我是有難言之隱的。作為一位我的朋友，你應該知道我的弱點，你比誰更能了解我。我的目的只希望休息一個時期，再回去把那邊的生意和賬目，清理妥後，轉給弟弟，便遠走高飛了。」

我記得我曾在信裏這麼說過。也希望他能明白我回來的原因。我雖然不渴求他對我的了解，反正像我這樣的人，是沒有人會了解的，但我渴望他對我的同情。

下船的前一晚，竟夕心緒不寧。窗外，幾點繁星，包容著那深不見底的奧祕。熱帶的夜色毫無誘人，白天卻是悶熱得怕人了。我初來這裏的時候，馬老伯對我說：「喂，這兒的土女

不穿上衣，一件沙龍就行了，可知道為甚麼？」

「誰知道呢？你很內行哪！」

「哈哈，告訴你吧，因為天氣太熱。」

「就是這個原因？」

當年的馬老伯，口咬長竹煙管，臉上皺紋就像印度的恆河，中國的長江，美國的密失西比，向著一個未知的去處蜿蜒不息。在太陽下，他數不盡過去的風花雪月，經驗過最幸福的夜晚，造過最迷人的綺夢，因此，六十歲以後的年紀，仍有那樣的雅興，好像一個活在塞北的獵人，終日不忘追逐獵物。如今，馬老伯顯然太蒼老了，在他，過去的一切只能算作記憶。

提起馬老伯，在這森林小鎮上真是家傳戶曉，並不因為他是一個特殊的人物，而是因為他收藏著各式各樣的女人，有從印尼來的撒摩尼族下女，有從馬來亞來的回族少女，也有從新加坡來唱戲的女伶，後來生活潦倒，借貸無門，一個白髮女人就來對她們說：「這些日子咧，好人找不到啦，就來我家裏歇歇吧，有些甚麼問題不能商量的。」從新加坡來的女孩子起初不知道她們是要接客的，才住了四五天，便覺得生活很不正常，後來，她們覺得不願回去，也不能靠唱戲維持生活，就在無可奈何的窘態下，成為馬老伯手下的嘍囉。還有少部份是從中國來的。一九二〇至二八年的，當中國北伐內戰的時候，南方的廣東盛行「賣豬仔」的非法活動，這類組織的主持人，往往和黑社會有密切的關係。他們很技巧的在報章雜誌上賣廣告，以招請雇員為藉口，男童「賣」了過埠，面貌俊美的會轉售給暹邏（那時還未稱泰國），供作貴族男妓。女的會留在婆羅洲，

通常也是「善價而沽」，土著的酋長原則上要遵守族規，不能和異族女人媾婚，但這種法律是不通的，酋長白天蟄伏，晚上就偷偷摸摸的去找馬老伯了。婆羅洲的土著酋長非常好色，那種原始的舞蹈和非洲剛果森林中蠻族（就是我們常在電影上看見的那種）的舞蹈，大同小異，本質上並無差別，都非常富挑逗性。

這些土著喜歡親近中國女孩子，他們對中國女孩子有一種迷信：對她們不能愛撫，這樣就會侮辱中國人的尊嚴，太陽神不會降福給他們的土地。盛會之前也不能和她們睡覺。中國的身體會給她們一種魔力，保護她們的靈魂。酋長與酋長之間自後便訂立了一項規定：每星期只能接近中國女孩子一次，若遇族中盛會舉行前夕，他要稱心寡慾，降伏在太陽神下。族中的長老最後補充説：酋長和中國女孩子的關係，不能公開，這全是為族中利益著想。

酋長們圍坐討論的時候，各人的胸膛都掛著一張中國女人的照片，他們認為這些女人已被他們征服了。實在，他們夜間去找中國女人睡一次，很不化算。婆羅洲的森林土著並不通行幣制，由於生活尚在原始階段，沾染不到半點文化氣息，為了達到熱帶人所特有的對女人的慾望，他們不惜拿著黃金，交換一個女人的肉體，讓原始而野蠻，溫柔而獸性的呼號，在一個漫長的夜裏昇華，在酋長的腦海裏，平添一段色彩斑爛的記憶。

伊啦和地呀，和地呀，

伊啦伊啦塔，

塔曼啊，和地伊啦呀。

　　第二天，草棚那邊傳來小孩子的哭聲，一個母親的聲音，便會伴隨東升的陽光，呼喚的聲音帶著安慰，很使人懷念熱帶的平靜。漸漸的，孩子再不哭了，再過不久，星雞喔喔的啼了，酉長昨夜的夢也完了。

　　他從被蓋裏睜開眼睛來看。「咿，」他一定會出奇地往窗外觀望，還未洗臉便準備要走了。

　　「還早哩！」

　　「左洛希，希塔。」（情人，要走啦！）

　　中國女孩子笑著臉送他到門口。她開始記起昨天晚上那無用的東西，只能夠陪小孩子。他真像土地廟裏的木偶！

　　伊啦和地呀，

　　塔曼啊，和地伊啦呀。

　　在北婆森林小鎮裏，那首歌是婦女們唱的。她們提著椿米棒子，一椿一椿往下搥的時候，就會情不自禁的哼出這首熱情小調，在早晨工作，尤其唱得起勁。它的意思是說：清晨開始工作，晚上和丈夫相好。

　　我認識洛芝的時候，她還是一位十五歲的女孩子，但，習慣在熱帶的海岸生活，肌膚是太陽的寵兒，笑渦是難尾族的特徵。洛芝未讀過書，但她有天賦的智慧。洛芝的乳房是高挺的，高聳的樣子真像小丘。她說話的時候，常常挨在我身旁，使我的情感不能自制。

　　父親雖然在亞庇做生意，但常常來難尾族的小鎮看我們。他的所謂生意，就是和馬老伯勾結幹賣豬仔的生意。

　　那時我已開始懂事了，擁抱著洛芝接吻，讓她的玉手引領

我邁向她的乳房，只有在那一剎那裏，才可以讓我享受人間的安慰。

　　伊啦和地呀，

　　塔曼啊。

　　我一邊駕著腳踏車，一邊哼著這北婆土人的情歌，不經不覺來到洛芝的草棚。

　　「洛芝，你早呀。」

　　裏面沒有聲音。一隻百靈鳥飛過，跟在後面的是一隻夜鷹。

　　「我還要送鮮奶，妳陪我嗎？」

　　依然沒有聲音。路上，送鮮奶的孩子漸漸多起來了。穿沙龍的女人，携著一大包衣服，到河邊洗滌。她們走路的姿態遠不及我的洛芝。

　　洛芝是這樣走路的：左足蹈，右足跳，沙龍迎風揚還。這樣的姿態，只有大溪地的女孩子才學得到，她們比洛芝還聰明。

　　「妳啦，又扮鬼臉啦！」

　　「幹嗎，這樣早又吵醒。」

　　「在早晨看妳特別漂亮呢！」

　　「唔。」

　　洛芝撲進我的懷裏，我的心胸緊貼著她尖挺的乳房。

　　「我的鮮奶要倒下來啦。」

　　「我是你的情人咧。」

　　洛芝坐在車後的貨座，雙手環抱著我。腳踏車的輪子捲起小鎮的泥路，輪子就會留下一條痕迹。在來的時候，洛芝會告

訴我那一條痕迹是我的車子留下的，那一條是她姑母的伙記留下的，那一條又是小麻子阿尾留下的。一切一切她都記得很清楚。

「妳和阿尾很熟識？」

「為甚麼不，他帶我吃麵。」

「我也買麵給妳咧。」

「嘻嘻，你呀，喜歡我嗎？」

「洛芝，我很喜歡妳的。」

「你看我會作你的妻子嗎？」

「你可以的，我帶你回中國，住在下雪的地方，那時候，你就會剛強了，不再和阿尾交朋友了。」

「阿桂哥，女人都說我很年輕。」

「你就快會長大啦。」

我們慢慢地繞過一個大灣，把最後一瓶鮮奶送到一家英國人門口，這早晨的工作便大功告成了。洛芝替我把退回的空樽排列好，放在一個竹籮裏，頂在頭上，一手搭住我的肩膀，很熱練的坐上位子。我故意坐不上去，裝成很吃力的樣子，一骨碌連人帶車倒在地上，洛芝頭頂上滿籮空樽，失去重心，先倒下去，跟著身子傾側，不由自主的落在我身上。空瓶子發出呼嗲響聲。我清楚記得，這是調戲熱帶女孩子的最好方法之一。

我們都一起倒在地上，滿地鮮奶瓶。

洛芝大力執著我的頭髮，口裏咒詛似的說著一些土語，但很快，她便向我開口微笑了。

十五歲，誰會相信像洛芝那樣的女孩子是十五歲呢？

她緊張的吻著我，肉臀左右搖擺。我吻她的頸項，吻她的酢臉，吻她那垂垂的長髮，吻她的乳房，吻她的小腹。

我看見洛芝在這一刻裏變得成熟許多了，她已足夠經驗去應付一個飢渴的男人了。在難尾族，成熟的北婆婦人有一個顯見的特徵，就是把長長的頭髮捲起，結成大髻，依然裸露上胸，依然是一襲黑色的沙龍。表示她們已經結了婚，已經有了成人的經驗。

我多麼渴望洛芝就是我的妻子啊。即使在中國，湖南的女孩子很多情，蘇州的女孩子很漂亮，上海的女孩子很會打情罵俏，這還只是傳聞，我生長在北婆羅洲，中國是怎樣的，壓根兒不知道，也從未渴望認識中國的女孩子。洛芝可以給我愉快和享受，我只要求這些，此外，我對我的祖國又何所求呢？

遠處，有狗吠的聲音，把我從幻想和慾念裏驚醒過來。

「不好，不好，」洛芝說。

「洛芝，為甚麼妳是孤兒？」我好奇的問：

「為甚麼要問這些？阿桂哥。」

「阿尾很喜歡妳嗎？」

「你不相信我更喜歡你嗎？」

「好了好了，快替我撿起空瓶子吧。」

洛芝緊緊的摟著我。

就在這時，狗吠聲愈來愈近了。

阿尾哥是一個獵戶的兒子，長年和家人住在灘上的竹棚。他生得很英俊，強悍勇敢，走路時健步如飛，喜愛唱歌，唯一

的缺陷是識字不多，不知誰根據難尾族的土話，給他譯了一個中文姓字：朱宜尾。他獲得這中國姓字後，花了兩天兩夜的時間，刻在左臂上。中文寫得不好，就像幼稚園學生的手筆那樣的。又不知在甚麼時候，他竟然學會穿長袖恤衫，結領帶，架一副太陽眼鏡，手上拿看一本英文書。不過，他赤足捕魚的時候，結領帶，穿恤衫的時候少，但在阿尾來説，他已經很滿足了。

難尾族的獵人很喜歡鬥雞，他們多數是自己蓄養的。阿尾哥很懂得鬥雞術，族中的長老告訴他，蓄養一隻戰士型的公雞，非常困難，一定要用禾草將雞蛋包起，放在草地上打霧，每天趁太陽未出之前，撿起來藏在一個木箱裏，再用禾草蓋好，三天以後，讓母雞在木箱孵蛋。等到小雞走出來了，先挑雞胸下陷的放在一邊，和其他挑出來也是雞胸下陷的，趁別一隻母雞還未注意牠的小雞時，放在牠翼下，這樣，鬥雞用的小公雞就可以培養起來了。

難尾族人對小公雞的訓練，非常嚴格。食料是蜈蚣和蚯蚓，兩日吃一次穀粒。訓練的時候提著公雞走到樹上，把牠從空中拋下來，公雞便會本能地展翅飛翔，拼命啼鳴，如是者七八次，直至牠張著嘴巴，倒在地上為止，然後用陳酒噴灑牠全身，讓牠休息。據説，這方法收效奇佳。北婆的華僑喜歡鬥雞，很樂意把新買來的公雞交給難尾族人訓練，主人便會在客人所屬的公雞頭頂，用紅筆劃上一個記號，收據上也寫明這記號，三四個星期後訓練完畢，那隻公雞便可以上陣迎戰了。

鎮上鬥雞季節通常在四五月間舉行，其實，常年累月，隨

時隨地都有鬥雞的。鬥雞也分兩種，一種是光嘴和腳爪戴鐵管的，這是最刺激也最殘忍的一種；另一種是原裝的，甚麼也不戴。難尾族是北婆的好戰部落之一，他們喜歡依著自己的傳統，硬要負方倒在地上死了，才算作贏，如果倒在地上未死，他們會用白酒向勝方的公雞再噴幾口，公雞會立刻受了刺激，拼命向負方的公雞飛啄，直至對方的頸項差不多截斷了，才正式宣佈勝負。

　　在北婆的森林小鎮，鬥雞的盛況遠比跑馬地的賽馬，更為緊張刺激。土人和華僑下注很大，土著們也發明一些類似馬票的獎券：寫上出賽公雞的號碼，按號碼下注，如果全數號碼獲中，可以拿大獎。也規定連中位置的，得獎若干。我父親以往鬥雞興趣濃厚時，一出賽就是二十隻，只有三四隻戰敗，從此，我父親成名，後來投資開鬥雞場。在一個夜裏，父親的戰士雞全部被人毒死了，他懷疑是難尾族人幹的好事，連夜派人去跟他們的酋長交涉，反而被難尾族人含血噴人，將父親派去的壯丁打了一頓，自後便和難尾族絕交，避居亞庇，把原來的鬥雞場轉給別人，嚴例禁止我們和難尾族人來往。我覺得，阿尾對我的誤解，不是由於洛芝對我的好感，而是由上一代留下來的誤解一手做成的。上一代的錯誤，要我們這一代去承認，去負擔，是非常不合理的。

　　阿尾的衝動往往突如其來。每逢大賽開始，我極力避免我的手下大將──一隻平胸無冠，黑烏烏的大公雞，百戰百勝的「老二」──和阿尾的「元帥」，正面衝突。

　　那晚，太陽下山了，我放「老二」在門前的草坪上餵食，

阿尾携著釣竿經過，正想追逐「老二」，馬上給我喝住了。

「好小子，賭輸了再來嘛。」

「呸，」阿尾吐一口唾沫：「等著瞧哪。」

「看你的屁股？」

「呸！」

阿尾好像撲過來似的，活像他的「元帥。」

「要打麼？」

「好哇。」

「彎刀？短刀？還是釣竿？」

「呸，戴鐵套囉。」

「好哇。」

我若無其事的走到他的前面，捉住「老二」，用手捧在懷裏。

我沒有看清楚阿尾臉孔上因憤怒而引起的紅筋。我開始害怕，我的驚恐無法壓止，但仍力持鎮靜，真要動手的話，第一個回合我就會被他刺死了。第二天，我的屍體會被他提去，放在荒山野嶺餵餓鷹。

不知甚麼時候，洛芝在我面前出現了，她看看面光凶凶的阿尾，又看看我。

「你要打架？」

「不關你事，娘子。」

「哦，阿尾戰士，你撒野啦。」

「他說用甚麼刀都行。」我插嘴說。

「阿桂哥，教教我，這個字怎樣讀的。」

洛芝捉住我的右手，撒嬌似的説。

「呸！中國人有黃金啦。」

阿尾的意思是説，中國人有的是錢，因此，洛芝要跟中國人了。

「阿尾戰士，你看我不敢打你麼？」洛芝説。

拍拍兩聲，洛芝還未説完，那麼清脆的響聲已然傳進我的耳鼓裏了。

阿尾無限憤恨，一手推開洛芝，跟著一躍而前，他顯然是要對付我了。

「好哇，來吧。」

我隨手執起一柄園丁斬樹的長刀，阿尾再不敢近前來了，我幾乎不相信我還有勇氣拿起長刀，大聲呼叱，向難尾族最好的獵手挑戰。我雖然打過架，但無論如何，我絕不會打贏他的。

「阿尾哥，你瘋了嗎？」

洛芝擔心阿尾撲前去，那樣，我便會被他奪去長刀，照頭砍下，第二天，他便會架舟逃去，找也找不到。

「阿尾哥，」洛芝站起來，撲到阿尾的胸膛：「回去吧，算了，我錯了。」

「洛芝，」我拋開了長刀。望著難尾族善鬥的獵才。我真想告訴他，詢問他，為甚麼這麼恨我呢？阿尾，我有些甚麼得罪了你？我一直把你當作我的朋友。我不是説過：上一代的錯誤，不應由我他承擔的？我受過教育，能分辨是非，為甚麼你竟然這樣憎恨我？

但我沒有勇氣這樣説出來，還得保持先前向他挑戰的神

氣。洛芝會喜歡我是一名戰士，洛芝更會喜歡我把一個強人打敗。

阿尾終於轉過了臉，丟下釣竿，拖著洛芝的手，回家去了。

一入夜，這森林小鎮便寂寞了，最後一晚的大賽已過去了，要等到七月，當難尾族的情人節來臨的時候，小鎮的夜晚才會再熱鬧起來。那時候，洛芝會參加舞蹈，四處的鼓聲會響起，每一敲擊的節拍，都帶著神祕的挑逗，引起年青人的遐思。忽然會出現了一堆大火，一對一對的情侶要從火上跳過，然後，蒙著臉去找他們的情人，穿彩色的少女會拼命躲。有時候，他們其中一人看中了誰，便會故意挨近他身旁，讓他捉弄自己的乳房，隨著笑聲揭開情人矇眼的手帕，咭咭的笑聲也蘊含神祕的氣氛。年青力壯的男子會抱著他們的情人，走進草棚裏，關上門，熄了燈。盡情享受吧，很快就會過去啦。難尾族的長老會這麼說的。

啊，這段日子多麼長咧！

洛芝到哪裏去了？在阿尾的懷裏？在她姑媽的責罵聲中飲泣了一夜，還是又給阿尾欺負了？

這一夜，我無法入睡。

當我再看見洛芝的時候，她正躺在牀上，發著高熱，她的姑媽對我說：「不要打擾她，是我不好，是我不好。」然後，她驚奇起來：「阿桂，你甚麼時候來了？」

「昨天才回來的，我父親過世了。」我轉過臉，洛芝的臉色非常難看。

「是甚麼病？」

「心臟病，」我指著牀上的洛芝：「她怎樣了。」

「都是我不好。」

洛芝的姑媽開始哭起來，這使我覺得更奇怪。我沒有再追問，轉過身便走了。

第二天，阿尾聽到我回來的消息，彷彿還惦記著那次我向他挑戰被洛芝掌摑的恥辱，來到我的店裏，他的態度完全改變了。這個獵手，仍是那麼紮實，渾身都是肌肉。

「阿尾哥，好久不見咧。」

阿尾點點頭：「甚麼時候回來？」

「前天才回來的，洛芝怎樣病倒？」

「天知道，」阿尾此時的態度，比進來時更神氣：「我要向你挑戰！」

「甚麼？阿尾哥，我作過甚麼對你不起的？」

「還用我說」？阿尾凶神惡煞的說：「你勾引了洛芝，你有甚麼配得上她？」

「阿尾哥，你怎能這麼說的？如果你愛她，她也愛你，那是最好的。」我替自己辯護。

「這就可以解決麼？」

「當然，」我開始憤怒了，重複的說：「如果她愛你，就屬於你。但我告訴你，她不是你的。」

阿尾悶聲哼著：「膽小鬼，拿刀。」

「現在？不可以約定日期？」

其實，我當時心亂如麻，父親剛剛去世，惹上愛情的糾紛是頂無聊的。我明知阿尾是一個好勇鬥狠的獵手，勸也無法勸

得來。但我一直懷疑那是另有內情的。

到十月，該是中國的秋季了，但婆羅洲長年盛夏，只在夜晚微微有點涼風，白天暑氣逼人，阿尾忽然失蹤了，忘記了挑戰的事，聽説跟了五位難尾族人一起築鐵路。就在阿尾忽然失蹤的這一晚，洛芝來鋪裏找我，一搖一擺的，身上散播一股濃烈的酒味，她不知在甚麼時候學起酗酒了。

「洛芝，甚麼啦？看妳，爛醉如泥。」

「不要管我，你這沒良心的鬼，」洛芝一邊哭一邊尖聲狂叫。

「洛芝，」我捉住她：「聽我説，到底甚麼樣的？你甚麼時候學懂喝酒？」

「不要理我，」洛芝張大嘴巴：「你就是這狼心狗肺的人？好，好。」

洛芝哭起來了，這次彷彿稍為清醒了一點，坐在牀上，有氣無神的説：「阿桂哥，我對不起你，我對不起你。」

「甚麼啦，洛芝，告訴我，告訴我。」

「阿桂哥，你還愛我麼？」

「洛芝，我是愛你的。」我肯定的回答她。

「你不厭棄我是沒有文化的女孩子，你們稱為野人的那一類人？」

「我不，從來沒有這想法的。」

「那就好了，阿桂哥，」她一邊説，一邊撲進我的懷裏：「不要離開我，阿桂哥，我今晚需要你，以後也需要你。」

「洛芝，聽我説，你這幾個月都是神不守舍的，一定有些

不尋常的事發生的。快告訴我。」

洛芝又哭了，嚷著要回家去，走到門口，大聲罵我賤人，使我莫名其妙。我衝至門口阻攔她，抱進我懷裏讓她痛快大哭。「哭一遍沒事了，洛芝。」

我不知道甚麼時候睡著了，半夜裏一陣涼風把我吹醒，忙著蓋被，著了燈，不見了。她一定安全回去的，我對自己說，倒頭便睡。

姊姊從亞庇來，僕人一早把我吵醒。姊姊進門就說：「前天一個看相的對我說我們家裏有烏雲蓋頂，使我非常敏感的跑來看你，你沒有事我就放心了。」

「你相信相士的話？」我吃吃的笑出來。

不久，窗外人聲湧湧，好像發生了一些大新聞。「怪不得『小刀』去了這麼久還不回來，累死了洛芝。」

「唉，女子的心靠不住。」又一個聲音說。

「阿桂，」我認出這聲音，它分明是洛芝姑媽的聲音：「阿桂，我問你，為甚麼逼死洛芝？」

「洛芝死了？」我失神的跳起來。

洛芝姑媽咿咿嗚嗚的哭起來。

我越過人群，跑到河邊，洛芝真的死了，她穿著白色的長袍，手裏拿著一束鮮花，人們說，她是因由對不起她愛的人而死的。到下午，村長說：根據調查的結果，阿尾的弟弟阿羊失蹤了三天，洛芝曾在夢囈裏呼喚過阿羊的名字，罵他是狼心狗肺的賤人，阿羊的失蹤可能和洛芝的自殺有關。到黃昏，有人送一封信給我。我告訴姊姊說：「你的猜測很準確，洛芝的確

能影響我的生命的。」

「那是甚麼信？」姊姊問。

「是洛芝的，她寫得並不好，但我明白。」

我撕開封口，一幅照片滑出來：

桂哥：我很對你不起。阿羊常常來找我，他有時很溫柔，有時很暴燥，是他偷去了我的貞操的，他已經去了別處，阿尾哥不會找到他的，你也不會找到他。我恨他，但我沒有辦法討回我的真情。我是愛你的，我這樣做怎能對得起你呢？阿桂哥，你會原諒我嗎？只要你在心裡說出一句原諒我的話，我在陰府裡會聽到的，那樣，我死也瞑目了。永遠再見吧。

洛芝

拿著信，我幾乎暈倒在地。「拿茶來，」好像是姐姐的聲音，但我分辨不出。我也如昏迷了好一回，但很快便醒過來了。

此刻站在我面前的，正是闊別多時的阿尾，他不知甚麼時候回來了，怒氣沖沖的走進來：

「哼，你幹的好事！」

我手裏拿著洛芝的信，內心的難過無法形容，簡直沒有注意阿尾已轉進來，站在我的面前，也無從留心他當時說的是甚麼。

拍的一聲，阿尾不由分說，照右臉摑我一掌，幾乎令我倒在地上。忽然，阿尾父親的聲音如壯獅似的怒吼聲，響澈屋內。

「住手，阿尾住手。」

我覺得有援救的希望了，姊姊蹲在地上扶我起來。

「阿尾，不準再動手！」阿尾父親説。

「哼，是他害死洛芝的，是他。」

阿尾咆哮著，倚在門側，怒目凝視我

「你還不知道真相嗎？」哼，阿尾父親説：「你的弟弟幹了醜事你知道嗎？」

「甚麼我的弟弟？你指阿羊？」

阿尾父親點點頭，老淚泉湧，坐在地上，口裏呢喃著甚麼？

「阿尾，除非你找回你的弟弟，否則，你要代替殺身贖罪。」

「甚麼，我的弟弟？」

「這是我族的規定，」一個長老説。

「不肖子，賊種。」阿尾説

那天就在人聲吵鬧中過去了，我再記不起幹過些甚麼，只記得過了兩天，我就把這兒一交給族裏的兄弟，回去亞庇休養。半個月以後，有人來告訴我説：阿尾真的代他弟弟死去了，阿羊始終未見回來。

人生就是一幕整體的悲劇，如今一晃就是四年，在這四年裏，我未踏上過這傷心地。我不清楚為甚麼一位熱情的女孩子竟能這麼吸引我，我和她的戀愛始終是純潔的，我們當然想結婚，我明知我的父母會反對，但我堅定的對自己説：愛情是貞堅的，沒有甚麼可以阻止一對純潔的戀人。

當芝利華郵輪在南中國海飄浮的第二天，我們剛趕到菲律賓，第一次在海上經驗括颱風的滋味。我隔鄰的一位小姐好奇

的問我：

「先生，你每天都憑欄遠眺，每天都站在同一的地方，同一的位置，你一定有些甚麼心事了。」

我微笑著點點頭。

「貴姓？我是吉隆坡陳麗玉。」

「我是從亞庇回中國的。」

「哪一個中國？台灣的？大陸的？」

「這是悲劇，我的一生就是悲劇。」

陳麗玉並不引起我的注意，我唯一渴望的是：當我抵達香港，我的朋友會依時前來接船，只要他看見我這個沒有愛情的孩子，他也覺得我改變了許多，比前更沉默更孤寂了。

曾刊於《小說文藝》，一九六〇年代

想起毛主席不亦快哉

　　去年第四期由吉林人民出版社出版的《社會科學戰線》最近才收到。翻開首頁，赫然出現這麼一個醒目標題：〈毛主席讀書生活紀實〉，是這一期的壓卷專稿。能稱為專稿，必然放在首頁；能放在首頁，自是份量極重的好文章。單是專稿兩個大字，已然吸引我的興趣，何況內容又是縷述毛主席的讀書生活，怎能不讀？一九七二年六月廿一日，長了一副梟雄相貌的尼克松訪問中國，行裝甫御，立刻趕去中南海晉謁毛主席。從電視上看到老態龍鍾的主席，呲牙咧嘴的總統，派頭活像大商行董事長的基辛格，以及中國政壇不倒翁周恩來。這幾位叱咤風雲的大人物竟能聚首一堂，的確史未曾有。更引起我的興趣和好奇的，卻是毛主席中南海的書房，線裝書排滿了整座書架，層層高疊，次序井然，原來主席居然也是大行家。現在才猛然省起，主席博覽群書，手不釋卷，藏書數量肯定不只這幾百本。如果像前輩吳魯芹那樣，將書房硬分成一齋二齋，主席的書房一定也設了很多分齋。一九七二年六月距今快十年，主席肥肥胖胖的硬朗身子，躺在水晶棺裏也躺了快六個年頭。作為中國人民一份子，我沒有理由會忘記他老人家。作為一介小民、愛書讀書之餘，又喜歡附庸風雅，學主席藏書批書的凡夫俗子。更令我懷念的，倒是主席的藏書。

〈毛主席讀書生活紀實〉寫得很好，也很精彩，一洗學術八股頹風。作者忻中文筆穩健，粗中帶細，雖說全文氣勢像風趣幽默的報告文學，刊在以學術研究標榜的《社會科學戰線》，未免格格不相入。不打緊，學術文章同樣可以輕鬆自如。這個晚上，我默默對自己說：先煮一壺朋友送來的一品茉莉香片，提提神，醒醒腦；要坐得四平八穩，還要目不斜視。趁夜闌人靜、無星無月，先讀一讀〈毛主席讀書生活紀實〉。平日夜讀，甚少茉莉相伴。今夜案頭無語，睡意全消。立刻記起文革初期，主席他老人家由賊眉賊眼的彪叔陪著，站在天安門檢閱紅衛兵時，慢慢向天舉起的手勢，簡直像一位為信徒祝福的牧師。「他常常在夜深人靜的時候，獨自坐在小油燈旁，不知疲倦地讀書學習。」這豈不是我自己的寫照麼？我也用過小油燈，後來又用過火水燈，還有一個時期用過大光燈，現在改用電燈。我決不敢和毛主席相比。在延安那一段艱苦歲月，哪裏有電燈？住進中南海以後，大門口長駐汪東興的手下，來來往往，晉見的人又絡繹不絕。除了大門口，也許還要經過中門口，才可以看到主席書房的小門口。大中小門口都站著荷槍實彈的守衛，再用不著重溫一燈如豆的苦難生涯，燈火通明更不在話下。我這人平日讀書，學了一個毛主席的壞習慣，喜歡像脂硯批紅樓那樣，批語連篇。

我對這一段的批語直書如下：挑燈夜讀，豈不是我的寫照？我像毛主席，還是毛主席像我？主席生而有知，當明白是我像他。主席呀，你在天之靈的靈眼，總能洞悉乾坤，明察秋毫，不會那麼小家氣，說你像我是開罪了你。要是主席的未亡

人仍坐鎮天安門，説毛主席像我這句話所擔當承受的罪名，也
夠瞧的了。夜讀到底不是偉人專有的怪癖。古人無燈，就出了
一個聚螢火求明的書蟲，窗下苦讀。夜讀成癖，實在無可厚非。
古儒白天遊山玩水，吟詩作對，到了晚上，往往展讀以求補充。
今不同古，但讀書人的興趣和習慣，千百年來竟積習成統。經
過八小時工作，或閉門尋句，或抽煙微笑；在書堆裏追索自己
的世界，探究自己的食糧。也許沉迷在老莊的天地尋獲佳句，
也許像林語堂，抽著煙斗幽了自己一默。夜讀當然也有像毛主
席那樣，是為了學習。但更廣泛的寒窗夜客，是為了窮年累月
養成的習慣，改也改不了。我自己就有過這樣的經驗：夜讀容
易入腦，容易領悟。曹雪芹那兩句「一朝春盡紅顏老，花落人
亡兩不知」，如今隨時可以上口，有時還搖頭擺腦唸起來，在
小輩面前裝腔作勢，就是靠長年夜讀記在腦裏的。説到主席他
老人家的文章，豈敢不讀？老人家那五大卷選集，一直珍之藏
之。有時放在枕邊，有時放在案頭。有時放在廁所，有時放在
旅行袋。

　　説起廁，人人和廁有緣，不能一日無廁，除非流落撒哈拉。
讀書人和廁，又結下不解緣。類似例子，古今中外，真是不勝
枚舉。毛主席固然是偉大舵手，偉大領袖。正確點説，他更是
讀書人。讀書人和廁既結下不解緣，是則主席也和廁結了不解
緣。「就拿大便的幾分鐘來説，他都非常珍惜，從不白白地浪
費掉，也都用來看書學習。一部重刻宋淳熙本《昭明文選》和
其他的一些書刊，他就是利用大便的時間今天看一點，明天看
一點，斷斷續續看完的。」利用上廁時間看書，沒有甚麼大不

了，寒窗夜客十居其九學足毛主席，分秒必爭。從前的廁所，不像今天那麼講究，只有大城市的富人，才可以享受抽水馬桶。一般人家自備便桶，木製，上覆蓋。大解時，以痰盂盛物，然後傾倒洗淨；晚上放在街門邊，候人清理。鄉下的窮措大更慘，解手只好上茅廁。前一種即五十年代紅歌星李香蘭唱的〈夜來香〉，因為倒糞的零時開工，人都睡了，雖臭氣燻天，亦不易察覺。「夜來香」遺風流傳到六十年代末七十年代初，才算絕跡。當時的香港，繁華鼎盛，高樓大廈連地起，西樓唐樓大樓小樓，一律改用水廁，「夜來香」遂唱不起來。倒不知延安時代的毛主席，用家廁呢還是茅廁？主席眉宇軒昂，高及六尺，蹲在盂上，還要讀厚厚的刻本《昭明文選》，未免太委屈他老人家了。

幼時蹲在盂上大解，索性速戰速決。上茅廁更如臨大敵，非全神貫注不可。莫說蹲在坑上讀《昭明文選》，就算翻一翻報紙只花兩分鐘也覺得時間漫長。一來其味難耐，略比港九的公廁稍好。二來蒼蠅處處，亂撲亂飛。三來野蚊太多，偏偏野蚊又是第一流食家，專揀皮光肉滑的吃。冬季還好，因天氣寒冷，蚊蠅悉數冬眠，皮光肉滑之處暫時保住了。畢竟人算不如天算，忽地刮來陣陣砭骨冷風，同樣不好受。四周又是透風茅牆，陰風徐來，奈何水波不興。虎落平陽，要緊的是速戰速決，實在無暇戀棧。

新界養魚人家，大概承自祖代遺訓，廁所建在塘邊，廣泛利用人棄我取、肥水不流別人田的大道理，索性以糞養魚。沉物下墜之頃，淙然有聲，漣漪泛泛。就在物沉復升、千鈞一髮

的緊張關頭，只見群魚競逐，張口大咬，沉物一下子不見了。主席要是拿著《昭明文選》，跑去新界魚塘上廁，讀著讀著，忽然聚氣丹田，只怪上一晚吃了太多辣椒，此刻要運用硬功硬碰硬。物墮聲隨，是最正常的。如果老人家幸運，坑板建得高，像他那樣高高在上，倒不會因水濺而微覺不快。要是坑板建得低，除了像揩油那般揩水之外，難免會罵一句湖南粗話。為甚麼不？主席是凡人嘛！可是一當他看見魚群爭先恐後、競之逐之的盛會，主席會有甚麼感想？肯定他會忽然覺得奇怪，魚居然也吃這東西！人吃魚，魚吃糞，糞由人排下，人其實也同樣吃糞，這豈不是馬克思辯證法的真理？李敖當年罵沈剛伯佔著毛坑不拉屎，大概他不知道沈剛伯也像毛主席一樣，充份利用上廁時間，正埋首經史子集，思索一個哲學問題。

　　毛主席大便讀書學習，的確沒有甚麼大不了。説來慚愧，到我真正懂得讀書買書藏書樂趣時，「夜來香」時代已開始沒落。目前寒齋廁所，難説一流，難稱如入芝蘭之室。敝友某君，於北溫哥華自購新居，建築新穎，美奐美輪；單單廁所已建三座，其中一座佔地十二乘十呎，浴廁兩用。除抽氣機、噴潔劑外，還植兩盤外地運來噴香植物，入內，竟令人流連忘返。但清潔雅觀，噴潔劑長期供應，門窗時刻可以通風，花了一番人力財力裝修不久，説是三流末四流頂，也差不多了。由於愛書成癖，裏面經常放著十幾本中西書籍，還有內子每天必讀的北美洲版香港報紙，中文版《讀者文摘》，孩子們的《科學文摘》和一些法文故事集；琳瑯滿目，中西混雜，看來毛主席中南海的廁所亦不外如此，不同的是：我養不起自汪東興以下的警衛。

毛主席上廁讀《昭明文選》，我以前上廁讀過很多書，上一次在廁所讀完了《天工開物》，再上一次是《搜神記》，再再上一次是巴金的《探索集》，最近一次則是再次殺人被捕的囚犯作家阿波特的《獸腹中》，目前剛開始企鵝版普及本阿瑟米勒的《中國奇遇》。打算讀的已放了進去。除非特別著迷好書如《搜神記》，甚少上廁後又拿出來夜讀。夜讀總是另一類，從不會混淆。

毛主席大便讀書學習不怪，怪就怪在他老人家有一回如廁「十幾分鐘過去了，他還沒有出來。工作人員以為出了甚麼事，就急忙進廁所看看，原來他還坐在馬桶上看書呢！」這還得了？主席的私廁，豈同公廁，任人隨意進出？即使汪東興吩咐過，一發現主席上廁十幾分鐘還不見出來就要戒備，也得要拍拍門：主席呀，你辦公完了沒有？或者：主席，你沒事吧，我們擔心死了。當知大便不雅，是以掩門蓋扉。即在公廁，亦待人以禮，關上一己私門，始從容就道。主席跑碼頭跑了幾十年，從井崗山到北京，從廣東到西藏，誰不知咱們中國出了個毛澤東？跑慣碼頭的主席，修養比誰都好，沒有發脾氣；要是換上了我，廣東粗話不馬上衝口而出才怪。可能年紀大了，有時候遇上類似場面，明明憤怒卻又怒不起來。

去年夏天，買了一本多倫多環球導報駐北京記者約翰·傅里沙大作《中國人》，剛出書店門口，只覺肚子絞痛，暗叫不妙。好在這一帶街道商店廁所，於我滾瓜爛熟。無味而又可以享受一番的，首推伍活德百貨商場公廁，但在北美還只算第二流；壞在門庭若市，整日極少冷場。威斯敏斯特商場公廁，可

以坐享其成，獨佔鰲頭，差在門鎖常修常壞，不速之客又往往冒失白撞，不知裏面正有人不亦快哉，為此常常受擾。學毛主席在裏面讀《昭明文選》是讀不成的，唯有忍聲吞氣，匆匆煞科。急起來也不考慮人多人少，直往伍活德百貨商場公廁跑去。那天運氣好，剛剛其中一座虛位以待，三兩下手勢，已然坐下不亦快哉起來。不亦快哉的同時，照例翻翻紅紙套金的《中國人》。翻呀翻的，不知過了多少時間，忽然，廁牆高處人頭出現，架眼鏡，長大鬍，裂嘴而笑。這一驚，真的非同小可。當時粗略估計，廁牆少說也有六呎四吋高，如今這漢子竟然可以從上伸頭望進來。頭高沒一呎也有十吋，彪形大漢難道昂藏七尺？這一笑，決不是《長恨歌》裏楊貴妃的笑，雖然笑起來彬彬有禮，卻使我想起吸血殭屍達古拉吮血前淒厲的笑，令人不寒而慄。驚魂甫定，我也抬頭一笑。虬髯客倒算通氣，點了點頭，就這樣匆匆跑出來。回頭看看虬髯客，果然身高足足七呎，比毛主席的身軀還高許多！

　　回過來談談主席他老人家廁所以外的讀書生活，總可以讓我們學習一輩子。例如在書的空白處，寫下密麻麻的批語，我在前面已經說過。還有讀起書來，常常忘了吃飯。病中仍讀書，而且讀的還是大部頭二十本解放前版《魯迅全集》。發燒至三十九度多還閱讀，這就不是庸庸碌碌如我者流所能辦到的。病中讀《魯迅全集》，要看是甚麼病。如果患單思病，腦裏只容得下那位朝思夕想的女娃娃，還有甚麼位置容納阿Q？招呼祥林嫂？再說，患了眼病又怎樣？一隻眼患病，另一隻眼還可以讀多少？苦讀如毛主席，大概頂多只能單眼讀《唐詩三百

首》。如果不幸患上痛苦不堪的惡疾，恐怕連唐詩也讀不了。

　　一九四九年，主席出國訪問，二十大本《魯迅全集》帶在身邊。一九四九，正是他老人家意氣最風發的一年，「中國人民站起來了」就是經由主席的口向全世界宣佈的。當時我只不過一名乳臭未乾的十四歲小孩，也知道主席已經替咱們老百姓出了一口氣。清楚記得家裏一位長輩告訴我：咱們老百姓現在是站起來了！他讀過魯迅，默記過許多魯迅筆下的人物。不久，長輩告訴我們，返回撫養過毛主席、也撫養過他的中國。許多年後，長輩死了，臨死前他這麼說：「不要埋怨毛主席，爹親娘親不及毛主席親。是毛主席扶我們站起來的。」長輩死的時候，我已經長大了。像他一樣，像毛主席一樣，我也讀過魯迅，同時也發覺長輩像阿Q，儘管我至今仍不明白：為甚麼主席出國訪問，要帶著笨重的二十大本《魯迅全集》？裝箱已夠麻煩，何況還有其他行李。

曾刊於《明報月刊》第十七卷第四期，一九八二年四月

閨房情趣

　　今年溫哥華夏季來得特別遲，早春三月的寒風仍在身邊。六月十五以後，連日滂沱大雨，遠去了的冷流居然重臨。一夜之間，古魯士山頂那條K型滑雪道，忽然給雪蓋住。是六月雪，降在山上，莫非為了躲避行人？牀頭老伴今兒雅興極濃，打開臥室新裝的小窗，遠遠望見北溫哥華那邊大白K雲中半影，簇簇輕雲將半邊古魯士圍住了。「六月雪啊！」牀頭人馬上想到關漢卿。怎麼會想到元朝去了？你還要整裝待發，開始一天勤勞。柴米夫妻，碰上六月降雪，同樣悲鳴悲哀。愧我白頭磈磈，二十年前，一定帶你上山，踏雪尋梅。縱然此地無梅，六月也不長梅。讓你望梅止渴，也算聊勝於無了吧。怎麼想到關漢卿來了？

　　的確，妻會無端萌生詩意，觸景傷情，一片浮雲也會美得像梵高。唐詩讀得比我多，平仄運用比我更易掌握；儘管學足了五柳，讀詩不求甚解，也從來未寫過詩。妻更認為詩這東西，不像琴棋筆墨，更不像書桌衣架，用指可觸，用手可拿。詩是要用感性去感的。琅琅上口不足，還要用自己的靈性去感。每有會意，便欣然忘食，正是這個道理。眼前這位也有過嬌滴滴美好時光的枕邊人，一下子變了雄辯滔滔的大律師，連反駁機會也沒有；又好像三娘教子，總有成堆成籮的理由。詩真是要

用感性去感的麼？枕邊人說對了，無感性，豈能讀詩？即使讀
了，又感到甚麼？於是我想起和白居易齊名的元稹。昔年糟糠，
和他同甘共苦，撐起這頭家。可惜紅顏薄命，到元稹當了高官，
老伴遽爾仙去。一首〈遣悲懷〉最後四句，寫出了許多小夫妻
的真情：

　　　野蔬充膳甘長藿　　落葉添薪仰古槐
　　　今日俸錢過十萬　　與君營奠復營齋

　　元稹真是一位情深的情痴情種，運氣好，情緣也妙，娶了
一位野蔬充膳、落葉添薪的碧玉。今時今日，婦解分子當家作
主，吃野蔬，甘長藿，難免令夫妻反目，最後離婚。北美離婚
法庭，日日審案萬千；因丈夫家用不足，下堂求去，是名副其
實的不甘食貧。好些唯恐離得太晚，索性改嫁開餐館的、幹肉
商的，或者腰纏萬貫的。捱了一輩子終於捱到俸錢過十萬，竟
然並未忘情，看來也只有在農業社會才有。時至今日，人類已
然登陸月球，太空時代展步而來，多一個元稹，無異多一個老
土，何必終日營奠營齋？古人三妻四妾之餘，也替天下喪偶男
人，想出一個續弦新玩意，真是造福不淺。身為大男人，難道
不應為這玩意三呼萬歲？

　　想到這裏，不由自主的微微笑起來了。妻最反對貞節牌
坊。男人續弦可以理直氣壯，不孝有三，無後為大，是壓得所
有女人無法透氣的靈符。新寡文君必須循規蹈矩，不能像麻雀
那樣，越過東家跳西家。三千年的中國社會，除了好色的唐明

皇，從來沒有將女性當人看。這是內子說的，她有說這話的自由。「你們男人，盡是好色之徒，連斯斯文文的唐伯虎也是偽君子！」話題打開，這個理論家要彈要罵的幾乎可多著啦。「看你笑得這麼陰險，立甚麼鬼主意，壞念頭，從實招來！」眼看她手上拿著那雙筷子，轉眼間變了驚堂木，直往桌上拍，啪的一響，小弟弟開始笑出聲來，講著那口不知從甚麼地方學來的美文：「媽咪，剛才爹哋跟一個女人講了五分鐘話。小聲講，大聲笑。」才十歲，小鬼頭也懂得討好女人了！

　　我故意不理不睬。這頓晚飯，吃得很不開心。老伴始終沉默。小弟弟平日最愛發表意見，總是朝著他老子向老媽子打小報告，此刻也沉默了。再看坐在對面的小妹妹，兩顆圓圓的大眼睛，不時望望媽咪，又望望我。吃了一半，已預感到風雨欲來的滋味，原因就出在小鬼頭那句「一個女人」。妻常常說，我是衝動門大師兄，往往沉不住氣。我從不否認這是平生缺陷，經常故意替自己辯護：沒衝勁，難成大事；雖千萬人，吾往矣這股勇者精神，背後不是靠衝勁支持的麼？後來發覺自己強詞奪理，決定不再爭辯，開始努力，一再堅持努力，慢慢改變自己的脾性。這一趟，是她沉不住氣了。草草放好《太平廣記》第三冊，口裏有意無意，哼出〈滿江紅〉首句。好不輕鬆，該是抱頭大睡，夢會佳人的美好時刻。兩腿一提，身不由己往房裏走，還打了兩個呵欠。忽然，滿室通明，真像武俠小說形容的，電光石火之間，腦筋清醒了一半。牀上，牀頭人盤膝而坐，白衣散髮，鳳眼圓睜，看來無精打采，卻又威嚴端莊，立刻記起坊間常見的觀音像。

　　果然不出所料，一開腔就追問我和甚麼女人談過。小孩子，哪裏會騙大人？你的孩子更不會騙母親。女人是水造的，這話真不錯。水是液體，林黛玉善哭，葬花以後，必定大哭一場，後世好事之徒，便說黛玉用水造。上帝造女人的材料，除了亞當肋骨和水，依我看，還該有醋。水醋同色，盛在玻璃瓶，實在很難分辨是水是醋。就說跟前這兩顆眼珠吧，一顆是水造的，另一顆是醋造的。我當然故作漫不經心，不理也不睬。每日見過的女人，燕瘦環肥，老弱嬌健，沒一百也總有九十。跟誰說過話，事後怎麼也記不起。譬如排隊購票看戲那回，一位八十（像她那麼老，該八十了！）老嫗，拿著地圖問路，就記不起怎樣教她按圖索驥。又譬如那一次，全家參觀體育用品展覽，主持人腦筋動得頂好，每隔個半小時安排少女體操表演；上下午還各來一次芭蕾式健身操示範，集體表演的少女，竟多至五十，轟動數以千計群眾。表演時間未到，觀眾早已團團圍住舞台，擠得水洩不通。當然，觀眾男女老幼齊備，但以男性最多，眼色都集中臀和腿。男人跳芭蕾，即使羅倫葉夫，也很難吸引過千男士。那次看到一半，興味正濃，卻給一名醋造的女人，硬拖著離去。

　　說到晚上大審結局，不問而知，以指天誓日，不會情變打圓場。活到這把年紀，七年之癢念頭是有的，要像當年那樣，再與群雄逐鹿，各出奇謀，橫刀奪愛，倒有自知之明。大審不只一次，每次都和女人有關。每有新知問起，照例顧左右而言他。是醋造的，因此，面臨大審時的感覺，五年前已開始麻木。有時哈哈一笑，回身就走，背後突然受軟枕襲擊。如果是木頭，

不是枕頭，不想守寡也不行。她怎麼説呢？「明知是枕頭，才
會向你一擲。明知死不了，才會向你一擊！」説時帶著笑意，
自是不放在心裏。偏偏就在那次體育用品展覽會場上，混在男
人叢中看臀看腿之後，義正詞嚴的警告我：有一天你真的變了，
莫怪手下無情。

　　又是草綠花紅的五月，我們帶著兩名小孩，來到史丹利
公園野餐。四口子七手八腳，在近海一隅，設起營架，燒起炭
爐。對面就是熟悉的古魯士大山。夏日無雪，冬季遊人不絕。
獅門橋像一條軟綿綿的水蛇。從史丹利公園入口，沿山蔭曲徑
直駛北溫哥華，憑路標可以駛到山下。再乘纜車上山，可以一
嘗登泰山而小天下的切身感受。溫哥華就在腳下，一望無際的
廣大平原，許多時候給白雪淹沒了。偶然掠過的飛機，幾乎可
以用手觸摸。來到山頂，都忘記了過去的爭吵，將苦惱送給雲
彩。我們一家六口，曾在山上拍過全家福。母親坐在正中，是
當然的女主角。妻坐在左邊，用右手扶著她左臂。母親至死之
日，仍稱讚妻是持家有方的好媳婦，像豐子愷一副漫畫題詞説
的：勤儉持家。想到這裏，心頭一陣酸，強把眼淚吞回去。母
親七十三歲那年歸天，一位老友主持安息禮拜。喪事完畢，妻
含著淚説：人的壽命真短啊，活到一百歲又怎樣？如果像母親
那樣，能活到七十三歲我滿足了。

　　將近十年前初來溫哥華那段日子，生活輕鬆愉快。妻很快
在一家高級餐廳當侍應，沒想到這麼一幹就幹了快十年。移民
局保送她接受專業訓練，考試成績優異；早上將沙紙掛在客廳，
夜裏給她除下，從此不知所蹤。我那時閒著無事，每天下午晚

上，負責駕車接送。小姨也和她同一餐館工作。餐館老闆要求全體侍應注意姿色。白天應付大公司寫字樓閒客，下穿適度短裙，上配稱身時裝。晚上另換拖地長裙，高貴大方，談笑生姿，的確吸引不少商賈名流。姊妹倆幹了一個星期就說原來是靠色賺錢的，不打算再幹。當時適逢中國熱橫襲北美，老闆提議加薪，請求幹下去。妻暗暗一算：小賬很好，比正薪多六七倍，答應不辭職。我從不過問她怎樣應付那些商賈名流，也難免引來一群醉翁。有一天，妻在忍無可忍的情況下，大罵兩名醉翁。其中一名和我見過面，知我戴眼鏡，蓄短髮，料想不會將我放在眼 。雖經過介紹，從來不打招呼。

那一年，李小龍作了新鬼不久，習武遺風在北美盛極一時，洋人最佩服李小龍的三節棍。一位在唐人街專做老番生意的朋友說：不妨巧立名目，以中國傳統練武工具方式，引入加國，擔保大賺一筆，問我有沒有門路，運幾件來作版。我靈機一觸，倒認為朋友所言不虛，當即去函相識的武打小生。說來也湊巧得很，小生某近親，月內移民加東，抵埠後，約我見面。三節棍是小生送的，當然不必客氣。小生近親趕著當晚趁機去多倫多，遂提早趕往餐館，恭候佳人。

那位給大人罵過的醉翁，生得牛高馬大，虎背熊腰，決不是紈絝子弟，卻是十足的揩油郎。遠遠瞧見我，跑過來冷冷的說，給我內人罵了幾次，心有不甘，要我賠罪道歉，否則拳頭在近，官府在遠。站在醉翁身後，另有兩名小白臉，身型瘦削，長小髭，仗著人多勢眾，硬要我道歉。真是無巧不成話，襟兄在唐人街武館練完螳螂（天曉得他那手功夫是不是螳螂！），

也趕來接他上司。見我跟三條大漢理論，恐防吃虧，一個箭步跑了過來問個究竟。本來打算細說根由，醉翁卻先說了。老襟穿著一身功夫衫，就是李小龍在《猛龍過江》裏穿的那款。高度雖然和我相等，但體質較紮實，穿在身上，果然有點氣派。襟兄本崇拜李小龍，一套《猛龍過江》，足足看了五次。既有老襟助陣，膽也大了起來。不知甚麼時候從袋裏甩出一條黑帶，長約四呎，順手向我一拋。我應聲接著，三步兩腳跟上去，和他並肩而立。襟兄自幼來加，天天鬼話連篇，英文自是一流。

　　要他怎麼道歉？老襟擺出一副挑戰的架勢問。就在這時，另一壯漢突然亮身。醉翁說：這兩人要打架，你來了，多麼好啊，教訓教訓這兩名中國佬。當夜無風，停車場亦無過路人。方圓四畝之內，一片死靜，萬一給人追斬怎辦？真是呼天不應，叫地不聞。那壯漢說他頂喜歡打架，揚手一攔，隨即將醉翁推到一旁。自問一向操筆營生，從未與人交惡，當然更從未跟人打過架。歷來意見之爭，大不了也只是文鬥，未敢輕言武鬥。但眼前情景已箭在弦上，勢成騎虎。唯有內心暗暗叫苦，也看得出襟兄只不過強作鎮靜而已。

　　可是呀，好漢不吃眼前虧，古人不是說過，士可殺、不可辱嗎？這人給別人的老婆罵了幾句，就要找人家的丈夫道歉，真是豈有此理。好哇，猛然想起那輛錢七泊在身邊，裏面放著兩瓶可口可樂。車門未鎖，和三節棍不過咫尺之隔。武俠片愈看得多，愈覺得主角花拳繡腿，中看不中用。但在洋人眼裏，三節棍比真槍實彈還精彩。能玩兩手，簡直碰不得。念頭一轉，這主意果然能起死回生。只見車門開處，一面向老襟打眼色，

一面已拿出三節棍。但求動作快速，不容思索，隨手將可口可樂一拋，老襟右手接個正著擺出一副架勢，活像郭靖那招亢龍有悔。

襟兄回頭一看，見我居然學著李小龍，胡亂將三節棍左飛右舞，幾乎笑出聲來。我們沒有約定甚麼，卻不約而同的走前兩步。耳畔傳來老襟那口標準英文：保利，你好好招呼那三個，這個最高大的交給我。那是打架麼？簡直像演戲！三節棍依然左飛右舞，老襟乘機作狀跳上去。就在這時，姊妹倆嘻嘻哈哈從後門跑了出來，眼見好戲準備上演，登時嚇得花容失色。我壯著膽子露了這手（誰知道我雙腿正在顫抖！），眼下又多了兩個女的。壯漢兩手一垂，看得出，真正雙腿顫抖的，反而是他不是我。Bruce Lee! I'm Sorry！壯漢只輕輕說了這兩句，再不敢說下去。醉翁身後那兩名瘦小子，也跟著Bruce Lee, Bruce Lee。壯漢轉過身拉著醉翁，示意趕快離去。

我和老襟也眼明手快，強拉美人上車。回家再說，一切從頭道來。老襟的大福特，首先絕塵而去。有沒有驚風散？轉出大街，約莫走了一哩，才煞車停下，問身旁的太太：驚風散或者驅風油？心跳得太厲害，你駕車吧。說她花容失色，那是假的，現在反而笑臉盈盈呢。你呀，嫁你十四年，甚麼不清楚？將三節棍亂耍一通，居然嚇倒四名大漢。你呀，武俠片看得太多，但也只能耍一次！聽了這番話，只好暗自苦笑。一路上打開車窗，讓陣陣輕風，洗掉渾身餘悸。老襟說，我可以去演戲。憑那回裝模作樣的姿態！真帥！但他最後補充：我比你更害怕！怎麼？我轉過頭，好像不相信隨即哈哈狂笑：你不是既

學詠春，又學螳螂的麼？才學了兩天嘛，襟兄也嘻哈大笑。然後吐出一口標準廣東話：師傅唔係波，成晚口水多過茶。一剎那間滿堂嘻哈。斗室雖小，總不嫌狹窄，只要散佈歡愉，二人世界同宇宙一樣廣大。寫《浮生六記》的沈復，儘管享盡畫眉之樂，畢竟仍缺乏這份嘻哈情懷。

　　詩人多愁善感，女人同樣多愁善感。一句六月雪啊，想起關漢卿，卻原來是指雜劇《竇娥冤》。我不期望太太會寫詩，詩寫得再好，缺了持家本領，變成牛衣對泣，總不是世間男人福緣。詩麼？由我寫吧。我曾經這樣自負的說過：不管新詩舊詩，只寫給你。偶然離別，妻的內心更難受。再活廿年，小窗內這片天地，應是外人永遠看不到的蓬萊。

曾刊於《明報月刊》第十七卷第十期，一九八二年十月

捉雲小記

　　我們就這樣騎著腳踏車沿公路下山，車前都插了一面小巧精緻的楓葉旗。吹來的山風不時颳得呼呼作響，吱吱噗噗的聲音實在太熟悉了，和幼時在鄉間聽到的蟬鳴蛙叫一模一樣。無情的歲月拖著做不完的夢，悄悄地溜走了。一些細碎的生活經驗，儘管像這條山路那麼迂迴曲折，一叢叢的參天古木偶然將溫煦的太陽蓋住，過了不久，又在歡呼笑聲裏迎向太陽。

　　十三歲的丹娜，剛開始生命裏最值得珍惜的黃金般晶亮的時光。驕傲的青春從此落在另一代人身上。對我來説，青春只是陌生的代名詞，比遠離地球二百億光年以外的遙遠星宿更遙遠。十二歲的阿爾貝跟在姊姊後面，最後面駕小房車的是一位剛剛四十的中年婦人。車速慢得像蝸牛，小心翼翼，和下山的腳踏車總保持一小段距離。

　　想不到四十八歲的今天還那麼瀟灑。兩條腿踏著一上一下的節奏，要是忘記了阿保里奈爾的詩就缺乏詩意的刺激了。丹娜忽然拐個彎越上來，露出又長又白的大腿。再過兩年十五歲，仍然脱不掉總是詩的少女情懷。兩年前覺得她像林黛玉，來不及數算頭上三千白絲，丹娜已變了好動的小娃娃。夏季整天游泳，冬日躲在房裏講電話。有時不讓我發現她的祕密，還故意講法文。這世界，難道真像花麼？真的開到荼蘼花事了？

　　丹娜這麼拐彎雖不算危險，畢竟仍引起母親的擔心。出發前，我們在山上開過會議。太陽在頭頂。一大片廣柔的浮雲，覆蓋半壁山河。阿爾貝只能憑記憶指出那兒是史丹利公園，那兒是大學區，向那兒走才到我們的老家。這真是一次別開生面的家庭會議。我在感情上盡量靠邊，結果卻是會而不議，主席頒下了「十不准」要我們遵守，最矚目的是：不准爬頭。這點我倒不在乎，說到不准亂吵亂叫，簡直無理取鬧。怎麼行呢？吵吵叫叫又不擾人午睡。丹娜首先發難，嚕嚕囌囌的嚷著些甚麼，我也舉手跳起來抗議。阿爾貝冷冷地看我，臉上木無表情。一直覺得他是沒主意的小傢伙，感情又脆弱，受不起突來的打擊；因此，哭的次數總比姊姊多。萬料不到阿爾貝這回也反對了，我興奮得拍手叫好。三個人吵成一堆，我們果然聯成一條陣線，反對專橫獨斷的主席。

　　主席雙眉緊鎖，最後，以鐵的聲音配合鐵的口氣宣佈：不准反對。丹娜垂頭喪氣，我也裝出垂頭喪氣的神情。然後，恭恭敬敬唸主禱文。就在這麼莊嚴的場合，才發現丹娜的虔誠。我們興高采烈，以歌聲代替吵鬧，一路上唱著：「天高飛鳥過，地闊野花香。教我勤工作，天父有恩光。」只有置身雲深高處的山巔，才會領悟滄海一粟的妙諦。丹娜喜歡上這裏來，只要她喜歡，從來未曾失望。但，比起黃山、嵩山這些中國名山，絕不巍峨的剌魔山，委實微不足道。

　　到底黃山是怎樣子的？丹娜問。不太清楚，聽說很高很高。我淡淡地回答。啊啊，你不清楚，怎能向我介紹呢？你不懂得拜倫的詩，又怎能跟我談拜倫呢？我立刻笑了起來：說得

好！多麼期望你能這樣反問我。主席跑過來了。憑這臉尊嚴，真應當住進唐寧街，讓名字刻進歷史。丹娜，你問得好，我故意朝主席大聲説：你能夠這樣反擊，了不起呀！暗暗偷看主席的臉色，顯然比剛才更容光煥發。不過，我繼續説：你也忘記了，許多事情是不必親身體驗過才認識的。比如説，現在的太陽。我們的作家説紅日當頭。太陽是熱的，發光的。我們所獲得的關於太陽的知識，來自別人的研究和觀察。這就夠了，我們靠別人的經驗認識太陽，不必去摸一摸太陽了，對不對？丹娜抬起頭回答説：不一定。這妮子永遠是那麼既堅定又主觀：親身經歷遠勝由別人提供，媽早已説過。然後，以戰勝的姿態轉過臉問：媽，對不對？

　　後面的房車拼命咆哮，我們只好停下。丹娜自知理虧，索性將腳踏車摔在地上。你為甚麼明知故犯？我輕輕問。我太興奮了，決定要越過你。怎麼記不起「十不准」？我有點生氣了。你今次犯錯，下次還能夠來麼？丹娜點點頭：我可以一個人來。我説：媽會放心麼？丹娜沒回答，倒是阿爾貝怪起姊姊來了，指責她不遵守諾言。丹娜有氣無力坐下來狠狠的説：住嘴！想不到阿爾貝居然反唇相稽：還要我住嘴？你不遵守諾言。好啊，麥當奴是去不成了。今次我站在阿爾貝這邊，也認為丹娜不對，重複一遍阿爾貝的憤怒：好啊，好啊，麥當奴是去不成了。久久不見主席跑下車，我們都大感意外，心急如焚，不約而同的抬起頭往前看，好像感覺大禍臨頭。

　　阿爾貝接過那大瓶可口可樂，左手拿著塑膠杯。一杯一杯的喝不夠刺激。丹娜拍手高呼，提議換一個新玩意。剛才害怕

被罰的心理，早已化為烏有。啊，丹娜，只有這樣的丹娜，才是我的女兒。又出甚麼鬼主意？我好奇地問。拿著這個大瓶子，一口一口的吸。我先吸一口，然後阿爾貝，然後你。丹娜慢條斯理逐一解釋。好啊，好得很。但我仍然覺得奇怪，為甚麼主席這麼仁慈？丹娜這一關肯定是逃不了的。走著瞧吧，到了晚上，就不再那麼和風細雨了。丹娜這才省悟：母親的腦筋，永遠是那麼高深莫測，她的主意永遠層出不窮。丹娜一口氣吸了不少，阿爾貝用三條吸管一口氣吸，反對也無用，因為事先沒有說明不准用三枝吸管。輪到我的時候，已經所餘無幾了。喜歡討便宜的丹娜，一路上嘻哈大笑。

我們雙手按著煞掣，繼續慢慢下山。越過了大彎，還要走一半路程才抵達山下，選了草坪那邊坐下來歇息。石上樹上，都留下了不少墨跡。最風雅的要算那首莎氏比亞十四行，用工整的古體字抄錄。又有人抄了這兩句英譯，旁邊加上歪歪斜斜的中文：

> 欲窮千里目
> 更上一層樓

這兩句蠻有意思，丹娜先看英文明白了，才一本正經的自言自語：只有中國的大詩人，才最像詩人。阿爾貝以他有限的知識表示不同意。多少人死了，留下不朽的工作和歷史，他們更像人。阿爾貝解釋了半天，總是說不出甚麼原因。十二歲的頭顱到底盛不了多少知識。但向來自負，尤其是知道他的姓名

和愛因斯坦僅有一字之差以後，更自負了。

　　讓我們也留下些字蹟好不好？十年後再來重溫舊夢，也是一種樂趣啊。丹娜首先附和。只要她認為是新玩意，從來不會反對。但當我問她要寫些甚麼，卻啞口無言，想了很久才回答：就寫下我們一家的名字吧，由爸開始，然後媽，然後我，然後阿爾貝。不好不好。我首先潑冷水，阿爾貝也另有主張。他列出的理由證明腦袋比姐姐靈活得多。這麼刻著我們的姓名太平淡啦，除非有一天我們都成了名天下皆知。倒不如寫一首詩。最好能夠抄下安徒生的童話。忽然想起前幾天買了一罐紅漆，打算在下雨之前修好木欄，再補上紅油。第二天決定帶孩子來刺魔山看雲捉雲，興奮了一晚，紅漆罐早已忘記了。

　　阿爾貝斷然決然的拿起紅漆罐。妻也好奇地從車裏跑出來，呆呆的望著阿爾貝。一宗轟動世界的大新聞，看來快要出現了。我們一起跟在阿爾貝後面往前走，誰都猜不到他究竟往哪裏去。最後來到一塊大石前面停下。阿爾貝掀起衫袖，拿起油掃。焦急的丹娜老在催促。阿爾貝那股舉手投足的神態，像極了作畫時的米羅，夢一般的線條只適宜在夢裏捕捉。六十年代初震撼美國畫壇的那批抽象表現主義大師們作畫時的神采，也是這樣的吧。阿爾貝的手雖然有點笨拙，寫起來卻字字美觀得體。不錯，寫下了「我」這個字以後再不動筆了。

　　我們都默不作聲，只期待這宗轟動世界的大新聞馬上來臨。為甚麼不寫下去？丹娜依然毫不耐煩的催著。隔了好一回，「曾經」這兩個字才出現。夠了夠了，我已經知道你要寫甚麼啦：I have been here，是不是？話未說完，阿爾貝果然這麼寫

下來了。丹娜拉著我的手叫起來：還以為他的主意比我好哩！哼，又是這些笨貨！是呀，我還以為他要寫下甚麼格言呢！I have been here。平凡得很，平凡得很。我們手拉著手回頭跑，準備提起腳踏車。

忽然，砰的一聲，紅漆罐打翻了。我和丹娜同時轉過頭。斗大的紅字映在我們眼前。每一個字都那麼熟悉，又好像很陌生。距離那麼近，又彷彿很遠：

I have been here. Written by Albert Lo, admirer and follower of Dr. Albert Einstein, Dated on March5, 1983.

阿爾貝低頭從我們身旁走過。我暗自喝采。想起自己十二歲那年，死記硬背《三字經》和《唐詩三百首》。家裏窮，生活的重擔壓得所有窮人家的小孩都沒有大志。妻不聲不響跑回車廂裏。阿爾貝拍拍雙手，揩淨一身泥塵。望望丹娜，又望望我，兩手還未插進褲袋便歉意地說：對不起，我弄翻了油罐。不打緊。我說：阿爾貝，這才像個好孩子。我一面回答，一面緊緊拉住丹娜的手。

妻突然開車離去了，嗚嘩的輪音鬼叫似的颳起一陣風。打開窗，朝我這兒拋來一團紙球：趕快下來，我在山下等你們。我們都知道阿爾貝喜歡吃甚麼。告訴他，媽媽今天很開心。

大家一哄而散，各自騎著腳踏車飛下去。一剎那間，我們都好像在空中飛馳，電影 E.T. 裏那輛會飛的腳踏車不再是夢。那是我們的心。

這一天，我終於拾回了失落已久的童年。

曾刊於《突破》第十卷第六期，一九八三年六月十五日

松香

　　讀完了一整頁史坦倍克的遺札後，睡眼惺忪，伏在案頭睡著了。夜讀依然成了習慣，只是像這麼一次倒頭便睡卻是第一趟。好像夢過些甚麼，但記不起。對了，是誰的一塊輕輕的毛毯蓋上肩頭？猛然睜眼一看，阿爾貝那雙發光的眼神，在殘光掩映下，有點像望遠鏡裏的木星。看看自己，十三歲的青春此刻早已化作護花的春泥。阿爾貝雖然不那麼懂事，但眼眶裏深藏著欣賞的智慧；對世界，對大自然，對小動物的愛心，從一絲一髮到巨石大山，總有一套自己的主張和見解。那一回，不知甚麼原因，居然說在平地看風景毫不引人入勝；要看，必須跑上高山。這個觀點，還記得我這麼對他說：一定是從你母親那兒偷來的，至少也是抄襲她的。阿爾貝於是憤憤不平，怎能說我抄襲呢？許久以前，中國的哲人不就說過：登上高山，低頭向下望，啊這個世界呀，不是顯得細小嗎？對對，我豎起大拇指：整個意念的正確說法應當這麼說：登泰山而小天下。然後，張手拍拍阿爾貝的肩膊，鼓勵他多讀一些有關古代中國偉人的歷史故事。既然懂得從高處俯覽大千世界，放眼芸芸眾生，對人對事也可以憑這個大原則處理。長此下去，二十以後會更機靈，三十以後會看自己和宇宙同體，四十以後會建立一套人生哲學，五十以後會與老莊同宗，進入無物無我仙境，盡悟物

我俱無的妙諦。

　　阿爾貝當然不明白這些，到他五十歲時，也許再沒有高山了。阿爾貝跑進來，主要是提醒我明天準時出發。我點點頭，決定依他計劃祕密進行。阿爾貝很早就想過要找一株最合他心意的聖誕樹，放在客廳。年年都放那麼一株了無生氣的塑膠贗品，雖然擺滿了形形色色、紅紅綠綠的閃光燈，始終缺乏大自然的秀氣，嗅不出樹香。他心目中的樹香，就是濃烈的松味。沒有親身體驗過，很難解釋松味是怎樣的。一到秋天，我們開始儲備松木。降雪了，遍地白茫茫，極目所及，一條條煙柱從白地裊裊上升，黑白相映成趣，大自然親手繪畫一幅最動人的圖畫。全家圍爐而坐，松香就從壁爐裏，必碌必碌的洩出來。每年冬季，捆捆的松木，足足燒了兩個月，替我們省回不少錢。妻沉醉在她喜歡的電視節目，阿爾貝不時加火，松香溫暖全家。雪啊總是下個不停。河山千里路，白得令人難忘。那是一九七八年，我們一家在加西最雄偉巍峨的洛磯山下、斑芙鎮郊外一棟無人注意的木屋過冬。聖誕節後趕回溫哥華，大城市的松香慘受污染，早就失去了最原始的松味。

　　翌日初曉，父子倆摸黑出發。十五分鐘後越過曼港大橋，再朝東跑，兩個鐘頭以後就可以抵達曼寧公園。漫山松樹採伐不盡，大概山乏靈氣，了無松姿，株株綠松直透雲霄。矮松固然拼命向上爬，高松也是一個樣子。阿爾貝找到聖誕松，是橫枝垂葉那種。這麼一株聖誕松，何必跑那麼遠？街角的小公園長了不少，趁夜深人靜，神不知鬼不覺砍一株不可以麼？如果你喜歡，索性買幾十把大梳子，一把一把糊起來，不規則的橫

放在木條上，不就是一株最富幻想的聖誕樹麼？阿爾貝顯然不高興。轉頭朝右邊看，那不是《童話詩情集》麼？那不是藍邊白底的《美麗的聖誕樹》麼？這本畫集，怎麼會一起帶來的？你正在找這樣的聖誕樹是不是？車終於在路旁停下來了。我繼續説：照我剛才的辦法，自己動手弄更有意思哩。阿爾貝一直沒有回答，兩顆眼珠一剎那間失去所有光彩，幾乎要哭出來了。

　　阿爾貝跟我討論媽媽的反應，後面的車分別以高速超越我們。其中一輛越過我們以後，駕車的還開了一半車窗，轉過頭罵一句粗口。最後連跟了我們一大段路程的那輛貨櫃車，也不耐煩的越車而去。在高速公路時速五十哩行車也實在太慢了，他們又怎知我一路上避開了幾頭野鹿。大約半個鐘頭前，又碰到兩頭半牛半鹿的麋，在路旁溪邊喝水。我們停在距離十呎以外的草地，這兩個不怕冷的傢伙居然沒跑開，抬起頭打量我們。阿爾貝憑他的判斷，肯定兩麋是一對夫婦。十分鐘後，在我們周圍停下了七八部小房車，大家都抱著看畢加索畫的心情，一同欣賞這兩頭怪物吃草喝水。我們率先開車離去。一路上阿爾貝還講了不少有關麋的故事。為甚麼牠的角擴散得這麼大這麼完美？這些問題，我也無法解釋。

　　後面一輛車開得特別快，在倒後鏡上首先出現的，只不過小點，後來逐漸擴大，立刻發現原來是紅色小福士，像斑豹追獵物一般，迎著我們趕上來。阿爾貝回過頭看了幾遍。忽然，傳來像啼不絕的猿聲，劃破長空，精神為之一振。果然不出所料，妻不知甚麼時候，駕著她的小福士追上來了。我連忙踏油門，打算跟她競賽。看來妻早已摸準我的好勝心理，又是一聲

長嘯。這一下，已然預感到不是開玩笑而是警告，不期然的踏著煞掣放慢。小福士就在這時候越上來了，繞到路旁停下。我也本能地跟在後面，女兒坐在旁邊，打開車窗向我們扮鬼臉，才省起我和阿爾貝摸黑出發伐松，她是早已知道了的，只因貪看電視遲睡，無法依約早起。如今小福士忽然從天降臨，顯然是她告密故意報復。

妻一反常態，堆著笑臉説我們一定肚子餓了，約定到池裏挖（CHILLIWACK）的麥當奴吃早餐；然後，又一聲長嘯，才絕塵而去。阿爾貝也覺得大惑不解：媽這麼千辛萬苦追上來了，為甚麼竟不流露半點不滿的神色呢？這樣的例子太多啦，比如那次買了三盆仙人掌，妻認為太浪費。仙人掌不是生活必須品，可有可無，每月開支很多，可以省掉的應當省掉。妻的理想是幾年後，全家回中國旅行。到時南下三藩市，坐中國民航班機，經紐約直飛北京。細細一算，這麼一次旅行非同小可，連交通食宿，全部旅費一萬元也差不多了。我們一家四口開始節衣縮食，在銀行開了一個特別戶口，由阿爾貝保管。整個暑假，姊弟倆替《溫哥華太陽報》，逐家逐戶派報紙，兩個月的收入抽起百分三十存入銀行，儲了一年，只存了一千三百元，距目標差了一大截。

吃過晚飯，妻立刻發覺廚房裏多了三盆龍骨，知道是我買的，故意提起特別戶口的存款，還帶點責備的口吻説：東也買，西也買，甚麼東西一概買，怎樣教孩子節儉？怎樣可以儲足一萬元去北京？後來我告訴阿爾貝：爸爸以後除了書，甚麼都不再購買了。等到那一天儲足了一萬元，我們馬上預訂機票。阿

爾貝立刻明白我是給母親責罵了。這不算甚麼，在我看來，倒不是婦人之見，妻的節儉美德，是我畢生最欣賞也最佩服的。十五年不算短，妻始終是這頭家的支柱，任勞任怨，克勤克儉。十五個寒冬的雪花，彈指間給臉上的縐紋填滿了。阿爾貝每隔一天，便看一回存摺，只有在月尾領薪那天才增加五十。於是改變辦法，將我每天固定給他的五角錢省下來，就這樣每月多存十五元。我起初不太清楚，還是後來妻告訴我的。即使孩子，要是缺乏理想度日，歲月不但漫長，而且空洞無聊。自此以後，每次想起要買些甚麼多餘東西，就將錢交給阿爾貝存入特別戶口。到今年復活節，存款果然直線上升。人一生中必須有些甚麼支持著他活下去，否則這一生太沒意義了。

　　我們很快淡忘了飛車追蹤這回事。事實上，妻決不會因為不通知她而怪責我的。來到曼寧公園，連積聚在阿爾貝心頭的陣陣疑雲，也讓漫山雪松撥開了。找了半天，阿爾貝仍找不到像倒轉梳子那樣的雪松。但不洩氣，頂著刺骨寒風，只管東張西望。這兒找不到，再拐彎轉到那邊找。終於看中了一株高五尺半左右，離路面約三十尺。枝葉濃密，渾身奇氣。直垂的針葉，隨風弄姿，輕飄飄像齊白石的鬍鬚。阿爾貝果然沒有看錯，這的確是一株了不起的聖誕松，砍下來放在廳裏，未免糟蹋大自然的精品。阿爾貝既決定要砍就砍，毫不猶豫。妻拿出長長的蔴繩，掛上攔鉤，瞧準樹枝，隨手向上一揚，半路翻跌下來。這麼高，當然可以將繩子拋上去，卻未必能掛鉤。最後由我攀山，半途接住蔴繩，栓緊樹幹，拿出小斧砍了十幾下。奇松充

滿樹香，這麼濃烈的松味，整整五年未嗅過了。

阿爾貝和他姊姊將奇松放好，晚上由妻主持開光大禮，利伯加鋼琴獨奏〈噢聖誕樹〉。一曲完畢，我忍不住叫出聲來：再彈一次呀。琴聲再起，立刻引吭再歌，妻跟著加入，利百加唱得最興奮，阿爾貝也愈唱愈高興：

> 噢聖誕樹　噢聖誕樹
> 綠葉常青　歡樂常在
> 夏蔭蔽天　寒冬不變
> 噢聖誕樹　綠葉常青

第三次唱的時候，我們手拉著手，圍繞奇松而歌，歌聲混合松香。窗外開始飄雪，看來是松香吸引雪花趕來參加盛會。唱這麼一首既平凡又悅耳的聖誕歌，應當不會下淚的，但我竟然流淚了。倒不是因為想起二千年前寂寞人子誕生馬槽的事蹟，卻是由於心靈深處一時的感動，使我滴淚成雨。人際無常，夫妻兩地相思亦等閒事。能繞松高歌，才是人生最大歡樂。妻忽然發覺我淌著淚水，也帶笑下淚，伏在我懷裏。

阿爾貝拿出他寫了三個星期的信由妻朗誦。除了他自己，誰都猜不出居然會用中文寫信給卜鏑，一位他最崇拜最心儀的畫家：

> 親愛的卜鏑：

你怎樣也想不到會有這麼一位陌生孩子，在相距一萬哩以外的加拿大，寫信給你的吧。你真了不起，才四歲就已經懂得繪畫了。你七歲那年得全中國兒童繪畫一等獎，我已經八歲，因此，我比你大一年。我常常覺得，你生活得比我更有意義，因為你的畫給人歡樂。每看一次你的畫，除了多一點歡樂之外，還多給我一點慚愧的感覺。你雖然比我年紀小，但我最清楚，你那高大的形象，是要我抬起頭來才可以看見的。

我爸爸藏了一本你在一九八一年出版的《童話詩情集》。每次跑進他的書房，一定拿出來翻看。他後來知道我很喜歡你的畫，送了給我。現在，畫集已屬於我了，每晚臨睡前都翻一次。

爸爸還說，你將來一定會成為一位全中國最了不起的畫家，我很同意他這個見解。你真的了不起。未看過聖誕樹，也不知道聖誕是甚麼，單憑想像，就將美麗的聖誕樹畫出來了。的確了不起啊！聖誕樹代表歡樂，代表和平。你給世界增加歡樂增加和平，還有甚麼比這更了不起的呢？

我不期望你會讀到這封信，但我知道，總有一天會看

到你，跟你聊天，看你的真蹟。我們正努力儲錢。待錢儲足了，爸爸就會帶我回中國旅行。到北京的第一天，我們一定會設法找你。多麼盼望這一天會快點來臨啊。祝你聖誕快樂。

　　　　　　　　十三歲盧蘅心　加拿大

　　朗誦阿爾貝給卜鏑的信是開光大禮最後一個節目。耀眼的香松放在眼前。要是人間多點歡樂，還有甚麼不可以解決的呢？多麼期望拉雪橇的野鹿早點來啊。縱然淚滴未去，擁著妻兒子女，頓覺天倫奧妙，盡在不言中。

　　　　　曾刊於《星島晚報‧大會堂》，一九八三年十二月二十一日

魚喪

　　抵達門口，立刻預感到一些甚麼特別的事情早已發生了，怪不得一路上潛意識作祟，自己對自己說：快點趕回去吧，快點回去。時間一到，人人歸心似箭，誰還會留戀熱烘烘的爐火？八小時體力工作也夠受了。駕車拐了個彎，想起十歲那年替人寫揮春，總是先客氣一番，才禮貌地問：選些甚麼好意頭的？就給我寫一張橫財就手吧。輪到第二個，照例又張開嘴巴問。那是隔壁的老太婆，兩隻三寸金蓮撐著笨重的身體，但留給我最難忘的印象反而是：沒頭沒腦的笑個不完。就給我寫一張橫財就手吧。這麼老，還要橫財幹甚麼？要是老太婆今天仍活著，一定問她當時忘記問她的問題。

　　真想不到第三個依然是這麼硬板板的一句：就給我寫一張橫財就手吧。話未說完，眼睛早已牢盯著我的手勢。我跟大舅父學字，臨完顏真卿又臨柳公權，後來改臨北魏，最後碰到趙之謙的魏碑，總算摸到了一點門路。大舅父是清末落第秀才。我五歲開始，坐在他膝頭唸《三字經》和《唐詩三百首》。七歲跟他學寫舊詩詞，每晚照例唸一篇《千家詩》，然後帶著滿腦子平平仄仄睡覺。一九四二年我七歲，常常因為弄錯平仄給他打耳光。如果當時努力學，「世事洞明皆學問，人情練達即文章」這一類句子或許寫不出，四平八穩的對聯總可以寫出來

的。一九四三年秋，我在兵荒馬亂中開學了，從此忘記了所有平仄。大舅父離港前，介紹我替他的顧客寫揮春，學他的顏體寫橫財就手四個字幾可亂真。像大舅父這麼一位舊時代的知識分子，仍然終日不忘橫財，等而下之，老太婆渴望橫財，也是合情合理的了。

剛抵家門，再不怪踏著的木梯級又破爛又陳舊。一旦發了橫財，哈哈，原來一路上想著橫財，就是為了木梯級又破又舊。幾個孩子已經聚在裏面了，都是左鄰右里的孩子。平日總愛吵吵鬧鬧，幹勁十足。大搖大擺跑進來，左呼右喝，東跳西躍，叫嚷著說要跟阿爾貝學中國功夫，一下子又依依呫呫的叫個不停。大個子羅拔説：他這口中國話，是向他爺爺學來的。好幾次又故作神祕的説：「霉爛坊死人懶忙」。他爺爺教的這句話，一輩子也忘不了。大個子羅拔你存心搗蛋來了，我決定警告阿爾貝以後再不准帶他回來。那個星期日，我們從鑽石樓來到街上，碰到羅拔一家。不必介紹，那位身材高瘦的白髮老翁，準是羅拔的爺爺。原來他過去是長老會傳教士，在北京斷斷續續住了將近四十年。

羅拔先生，我笑著説：那天你外孫對我説，「霉爛坊死人懶忙」。我聽覺不好，普通話又講得不像樣，聽得我摸不著頭腦，如墮五里霧中，那到底是甚麼呀？據他説呢是你老人家教的。啊，慚愧慚愧，老羅拔露一口標準京片子：這孩子既沒規矩，也沒教養，一定又弄壞了你家裏些甚麼了吧？不不不，我連忙拉住他的手：你老人家調教出來的，誰敢説沒教養呢？只是我腦筋不夠靈活，又沒在北京住過，「霉爛坊」倒是新鮮事

物了。沒料到老羅拔也習染了燕趙遺風，憑這幾句話，總可以感覺到老人真是豪氣干雲：你老兄可也懂得跟老朽開玩笑哪！那「霉爛坊」兒哪，應當是貞節牌坊兒吧，早像咱老朽般兒霉掉了啦！我是說：「梅蘭芳使人難忘」。我們哈哈連聲，縱情大笑，沒將旁人放在眼內。

　　羅拔先生，我拉他走過一旁：你這朋友，我交定了。你氣定神閒，滿頭白髮，恰好說明了你的人生閱歷和教養。貴庚呀？八十四了哪，老羅拔回答時乾咳兩聲：這副機器不行啦，也差不多了哪。樹高千丈，落葉歸根，人不能超越規律。半個月前還沒咳，現在呀愈咳愈厲害，大概時候到了。那天我們依依惜別。由於住處相距很接近，老羅拔熱情地一再邀我抽空去他的公寓聊天。老太太人也很好，眉清目秀，年輕時一定很漂亮，單從她的眼神可以猜得七七八八。老太太今年多大呢？老羅拔打趣地趕著插嘴說：這閨女，也八十三了啦！大夥兒又跟著嘻嘻哈哈連聲大笑。

　　說到大個子羅拔，近半年忽然變得規規矩矩，談話彬彬有禮，很有點書卷氣。阿爾貝說他是 CHALLENGE CLASS（限於水平，只能意譯「優智級」。加拿大中學制由第八級起至第十二級，每年挑選八至十一級最優秀學生，按級別集中授課；課程較深奧，功課亦吃力，為全校優等學童。至十二級畢業，優等生均免試，直升全國國立大學）響噹噹的風雲人物。我本能地睜睜眼睛。這傢伙不學中國功夫了？現在出現眼前的，就是大個子，和他妹妹安娜並肩而坐，其餘四個都不認識。先生，你好，安娜站起來說：爺爺等會兒也趕過來，

他知道你們有⋯⋯有⋯⋯甚麼東西去了。

　　很好，你們先坐下，慢慢再說，喝汽水嗎？大家都搖搖頭。然後，我繼續說：甚麼東西去了？安娜沒作聲，眼珠卻向那邊轉。我也不期然的朝掛了一幅「荷塘月色」國畫那個角落望過去，總算明白是甚麼東西去了。怒眼圓睜的「鴻運當頭」失蹤，扇一般的魚尾巴也成了記憶。魚缸正中齊齊整整繫了一條黑帶。「鴻運當頭」去了。混在一缸清水，隨流而去，游向不可知的遠方。「鴻運當頭」在缸裏住了五年，由半吋身軀，長呀長的長到四吋那麼大，還不計散開來像屏風一樣的尾巴，永遠是那麼一搖一擺，撥弄著我們的視線。眼睛又突又圓，真擔心長此下去，總有一天會跌下來，變了一尾失眼魚。

　　每天下午三時半餵魚，「鴻運當頭」早有準備，大搖大擺恭候。我有時也學阿爾貝吻魚的方法，隔著玻璃和牠對吻。「鴻運當頭」看見有人張開口，也來一個美人投懷的姿勢，游到這邊來，四片嘴唇果然一下子合在一起了。我仰天狂笑，登時嚇走缸裏的美人，再次索吻牠顯然已不高興。誰說動物無靈？除了接吻魚，家裏這尾「鴻運當頭」也會接吻。金魚大概也有生長的過程，活了五年，現在已進入晚景了吧。一個星期前，發現牠只管躺在缸底，有氣無力，好像久病不起的衰翁，午餐再也不唾涎。這簡直糟透了。熱帶魚不游不動，是為不祥，也許真的大限到了。阿爾貝說搖電話找獸醫商量。這孩子的腦袋長到哪裏去？從來沒有獸醫會醫治病魚的。阿爾貝的情緒開始低落，幾乎茶飯不思。

　　就這樣，「鴻運當頭」再沒有浮到水面。到今晨，忽然游

上來了，朝我擺了兩擺，動作緩慢，顯得吃力異常。五秒鐘
後，身體向上翻了翻，肚皮朝天，就這樣躺了大約七秒鐘，
才吃力地再翻過身子。憑常識推斷，魚腹必須向下，腹翻是
為死亡先兆。這樣死去，對「鴻運當頭」說，委實辛苦一點。
上帝啊，讓我們的「鴻運當頭」，平平安安的回到你那裏去
吧，我不忍見牠翻來覆去，這麼掙扎餘生，太沒意思。阿爾
貝哭起來了。簡直當牠是家裏人，現在有家人走了，先我們
去了。傻的，我說：還是快點上學吧，你爸爸還未去。這麼
悲哭，不值得不值得。

　　到我放工回來，大個子羅拔這批賓客，顯然已坐了半個鐘
頭。老羅拔現在才到埗，煞有介事的穿了一襲黑西服。這身服
飾，立即使我記起英國大詩人奧登；除了蒼蒼白髮，沒一樣不
和他相似。老羅拔一跑進來就輕輕的說：你孩子告訴我孫兒，
你家裏有些甚麼東西去了，使我大吃一驚。我忍不住笑出聲：
他媽的，放屁，我今早才對他說過你老子還未去，何必哭得這
麼傷心？老羅拔轉過身，隨即掩嘴而笑。正當安娜轉過頭看我
們時，老人家機靈地扯扯我的衣角，輕輕向我耳朵送來這麼一
句：用普通話說，他們不懂。我也機靈地笑著點點頭問：你怎
麼也來了？我孫兒說你家裏有些甚麼東西去了，我吃驚不已，
以為是誰去了哩！再問他，知道你兒子養的金魚死了，我才舒
一口氣。

　　老羅拔一邊掩嘴微笑，一邊裝著脫鞋進門：他妹子跟著
纏住我，要我為死去的金魚祈禱。聽到這裏，我再也忍不住
笑聲：你怎麼回答她？我呀，老羅拔仍未脫鞋，對她說：你

告訴阿爾貝說他爸爸替死去的金魚祈禱也可以，上帝是慈愛的，誰的祈禱他都接納。這閨女死也不肯，非要我走一趟不可，爺爺，裏邊的安娜等得不耐煩：先生，請扶他進來吧，我爺爺年紀大，走動不靈活。我進來啦，娃兒們，我進來啦。老羅拔側過頭來，用右肩碰碰我：我傳教傳了一把年紀，第一次，哈哈，第一次為死去的金魚祈禱。老羅拔笑著說：我有梅蘭芳的錄音京曲，你聽不聽？我來不著回答，安娜早已拉著她爺爺跑進廳來了。

一切已回復正常。阿爾貝對「鴻運當頭」雖仍念念不忘，但，魚畢竟已經死去。我不懂京劇，對梅蘭芳的唱功，只能欣賞，老羅拔卻興致勃勃，還說曾建議過他的老同行費正清教授在哈佛開一課「中國京劇史」。那晚我們談了很多。最後傷感地問我：安娜說，他們幾位知己鄭重其事，為死去的金魚舉喪。那尾金魚有個名字的麼？我就告訴他「鴻運當頭」。但我覺得很慚愧，我將當日看到的，原原本本講出來。你兒子很有愛心，這是難得的。老羅拔說。於是我想起當我趕回家，看見他們俯首，口裏慢慢地唸：萬物都是從主而來，我們把從主而來的獻給主。誦唸完畢，將盒子放進掘好的墓穴裏，大個子羅拔先撒土。其他孩子跟著七手八腳將盒子埋藏。

老羅拔沉默了很久，還以為他睡著了。不，只見他猛然抬頭：老實說，那天祈禱回來，我也像你一樣，覺得很慚愧。老羅拔呷了一口濃茶，歎息著說：我覺得我不應當取笑他們。的確，萬物都是從主而來的。金魚也是從主而來的。一個滿有愛

心的人，人家是看得出來的。我為甚麼會像你一樣，覺得慚愧呢？老羅拔慢慢說下去：因為很多時，我發覺自己只會講，還沒有足夠的愛心。我長歎一聲。該是回去的時候了。

曾刊於《星島晚報‧大會堂》，一九八四年二月八日

一指禪

一、

　　進來時發覺好幾位已經比我先到了，除了兩名長大鬍子的外國人，都是相熟的朋友。睜眼一看，國家廣播電視公司節目負責人余晉德，也坐在毫不顯眼的角落。最右邊的是年輕的文學教授，專長二十世紀蘇聯小説史。後來知道他對佛學興趣甚濃，是卑詩大學亞洲文學講師范祥硬拉他來的。細細一數連我在內，總共八個人。一進門就嗅到濃烈的西藏檀香。主人擔心兩位大鬍子不習慣這樣的氣氛，連忙將向東的小窗拉開一條小縫。兩名大鬍子客氣地用普通話回答説：不打緊，不打緊。這種檀香，是拉薩喇嘛香啊。

　　我不禁一愕，瞧他們上下打量一遍。其中一名先向我禮貌地點頭。對不起遲來了。趁主人向大家遞茶，我輕輕地問：都到齊了吧？都到齊了，老太爺快出來了。座上人人都裝出一副朝聖的莊嚴神情。佛門勝地不容喧嘩，自是不成文的規矩。主人原是佛家子弟，自老太爺起四代奉佛。三壁清淨，八面無塵。才踏進大廳，前後左右都擺滿了大大小小、式式款款的佛像佛飾。正中懸掛葉恭綽題撰的字畫：四諦堂。扶梯轉角處又掛了一幅齊白石的「祖國萬歲」，可知這裏的主人不但風雅，而且廣結佛緣。四諦堂第四代的主人，和我是老同學，現在懸壺濟

世。每次診症完畢,照例送一份《佛説阿彌陀經擇引》。中英對照,並附淺白譯文。英譯是自己動筆的,白話另由高手代勞。勤懇宣佛,苦口婆心。這樣的腦科學家,真是百中無一。上了年紀的説,去看醫志在看佛,連診所也成了佛門。這座大宅更不必説了。至於勝地,倒沒有人同意。後我一輩的不知道葉恭綽,也不理會甚麼齊白石。漢堡包代替雲吞麵。中國啊中國一類的詩語,最適宜佩愛麗絲谷巴(哎,這人妖!)的流行音樂。關上門,內外兩個世界迥然殊異,何況,四諦堂也不是隨便可以進去的。

二、

　　陳半僧含笑走出來,先同大家拱手躬身,隨即合十坐下。一襲黑衣褲,頭頂白髮疏落,臉上皺紋清晰可睹。這麼輕盈的身子,由於長年吃素,倍添幾分佛氣。慈容一笑即散,懾人的威儀,排山倒海而來。我們彷彿都變了捱罵的孩子,又驚又恐,連呼吸也幾乎停止了。

　　半僧老師慢慢低頭,前額終於貼住地毯。縷縷檀香捲著異樣的氣氛。余晉德一直張開嘴。大鬍子的茉莉香片只喝了一口。半僧雙手按住地毯了,兩腿極富節奏,一秒一秒地翹起來。腿始終緊緊互相貼住,簡直給萬年膠貼著。褲管早已包著腳踝,現在才看清楚,那是坊間出售的毛質男裝運動褲,冬天戶外練跑專用。好些小伙子額頭紮條白帶,長褲外加短褲,喘氣慢跑,顯得不倫不類。

　　老師雙腿最後直直地翹起來了。半僧高齡九十九,十五歲

開始練武。四川有道高僧海燈法師，是半僧師弟。四諦堂第二代主人陳拾嬰，給我看過老師的《自傳》，其中關於倒豎，有以下幾句：「不徐不疾，起則舒，舒則直，如鐵如石，屹立不移，拳而不倒，是所謂倒豎功也。咦，成矣，十年亦有所值乎！」意思是說，練這下翹腿也要講功夫，講耐性，要慢慢地按步就班練。一旦翹起來，全身舒暢，氣血流通。這樣翹起來自然是直條條的，像鐵如石，即使打也打不倒，這就是武學所說的倒豎功。噢，畢竟練成了。花了十年時間，也是物有所值啊。

單憑兩手支持體重，雙腿只管硬繃繃的貼住不動，這手功夫也不簡單。別說老人年事已高，一般柔軟體操老手，也不可能這麼倒豎五分鐘，我們目不轉睛，屏息靜氣。雙腿翹起時，雙手也跟著撐起。壁上的時鐘決不會說謊，半僧老師這麼倒豎著，牆上傳來的秒聲，和大家的心臟節拍竟然完全相同。年青的文學教授最後看鐘：快過五分鐘了。

半僧臉頰紅潤，調息運氣之間已見功力。但見雙目緊閉，呼吸均勻。先是左右五指齊起，憑十個指尖將身體撐持，身子卻絲毫不動。我們都看呆了。左右大拇指稍後聚力移動，其餘左右四指同時曲屈。就在大拇指聚力凝力之際，左右四指也跟著發力，借大拇指的聚力撐住身子。要是在馬戲團，或者甚麼雜技表演的場合看到這樣的絕技（不，應當是現實裏的神功！）一定拍掌歡呼，驚歎不息。但是，我們都理智地按住了內心的興奮。

要不是親眼看到誰會相信？九十九歲老人居然可以憑十隻指尖將自己的身子撐起來，真不簡單呀。我們心中有數，這只

是表演一半而已，好戲還在後面。老人左手兩隻指尖好像一下子失掉似的屈貼著掌心，中指、食指和大拇指就在這時依次轉動，鼎足而立。二指已去，只靠八指支撐，而上身卻依然絲毫未動。兩分鐘後，右手同樣重複剛才左手的緩慢動作。如今，六指齊立，穩如泰山。《自傳》說：「又五年，復練左指移動；後五年，再練右指。夜睡不足，每有指折，曾折十數次，痛不欲生，幾棄之。念及師恩，決志復萌，以迄六指齊立，幸而不倒，又成矣！」六隻指尖各以鼎足姿勢平立，還要拳而不倒。陳拾嬰說：老父的《自傳》明明寫著：「庚子變起，師慫去，囑從技核證。六指手立，拳之果不倒。」一九〇〇年義和團運動事起倉卒，半僧老人大概犯了洋忌，師傅著他逃走。臨走前，考考他的武功，於是六指齊立，師傅一拳打下去，果然不倒。

　　半僧老人怎麼靠右手的食指和無名指撐持整個身體的呢？唯有來過四諦堂觀禮的人才知道，電視沒有介紹，余晉德主持的真人真事節目，只播映老人二指禪（主人首先想起這個名詞。老太爺十八歲破身，主人說：我祖父自幼就在寺門長大，他連自己早年的事也不大了了）呆照。老人不開腔談話，於是，那次介紹節目，變了余晉德和主人唱對台戲。二十分鐘的真人真事裏，除了有關老人生活片段，二指禪這一節全屬呆照。

　　其實，最吃力也最精彩反而在這段：半僧的左手漸漸移動了，最後貼住左腿膝蓋，整個身子就靠右手三隻指尖撐住。大約過了兩分鐘，中指忽然離地，屈貼著掌心。就這樣，大拇指和食指，平平整整的將老人整個身體豎了起來。翌日讀報（戴眼鏡的大鬍子是《太陽報》總編輯），一張熟悉的照片和醒目

的標題：「來自中國的九十九歲異人」，吸引了全部讀者興趣。

三、

　　當我接到信趕回來，陳和清的祖父早已瞌然長逝。半僧老先生知道了，也不傷心。主人對我說：老太爺只在司各牌紙巾上寫下兩個字：罪業。祖父和令尊死的情況一模一樣的麼？主人點點頭：是的，都是吃過晚飯以後，忽然跌了一交，不久就去世了。天作孽，天作孽。你祖父年紀多大？主人嘆息道：虛齡八十歲，實際上差兩個月才八十。當然，得享遐齡。也算佛緣未盡啊。你既然這麼想，又何必傷心？人生七十古來稀。我本能地點點頭：你打算將骨灰怎麼處理？依他遺囑運回老家。主人喝完了最後一口茶輕輕地道：太爺一直不習慣這裏的生活，好像龍游淺水，巨鯨入甕。但他從來沒有表示過。最近又閉關三月，每天讀《般若波羅密多心經》。爺爺過世後，他內心反而非常平靜。但最後仍道出了他的心事：此地不願久留。和兒應知我心境，速送回老家，至盼。主人將司各牌紙巾翻出來，半僧老人那手龍飛鳳舞的草書，再次出現眼前。《自傳》裏有一段講及這位四諦堂第四代主人：文革期間由於海外關係，老人吃了啞藥，從此閉口緘默，以為這樣可以避過風潮。塵世畢竟仍屬塵世，所有書籍都抄去了。我常對人說：我兒子也快七十了，孫也過五十，曾孫將來作醫生。小將們不信，硬說出家人怎能有子有孫？硬說是扯謊，罪加一等。「和兒偕蔚然隨老夫去。乘飛機，雲山一片，竟無動於衷。」蔚然即和清嫂，川人，是文革期間照顧老人的赤腳護士。曾插隊下鄉，平反後，

回成都四川大學工作。八〇年來加才嫁給主人。

四、

　　那天我沒有送機，兩年前獲邀觀賞二指禪的《太陽報》總編輯和余晉德卻趕去了。消息傳出不久，電視台各級人馬聞風而至，又驚動了其他報紙的記者，紛紛湧去機場。過了兩天，范祥和我通電話，問我有沒有讀過關於半僧老人返回中國的新聞？我回答說：有。范祥氣憤地道：他們拿海燈的一指禪和半僧的二指禪相比，認為只有練童子功的出家人，才可能練成一指禪絕技，這是不公平的。半僧以前的一指禪更了得，閉口以後，身心才受了影響，就這麼簡單。范祥繼續在電話裏說：這時代，再不需要二指禪絕技。中國之大，無奇不有，一年一版的《堅尼斯世界紀錄大全》真是小兒科。外國人算是開了眼界啦，半僧先生也算替四化盡過責任啊！我不禁哈哈一笑。沒法子，習性難改。從二指禪扯到四化，范祥的理論倒相當新穎哩。至於半僧老人返回四川後不到一星期遽爾物化。卻大出意外。和清嫂的電報也很簡單：爺爺昨晚圓寂，他是早有準備的。詳情待告。從此，四諦堂顯得格外冷落蕭條。三年中和半僧老人筆談存起來的司各牌紙巾，足有十卷，都勞煩內子另冊謄抄珍藏。其他的丟了，僅留下唯一最精彩的一卷。第二次拜見老人，他知我缺乏古文基礎，勸我改用白話，俟後兩人文白對答，暢所欲言。老人執筆疾書，字字鐵畫銀鉤，相比之下，我的書法實在不濟。

　　第一次筆談他稱我居士，第二次改稱賢弟，兩人距離從此

拉近許多：賢弟既涉獵佛學，屠刀善果，一線之隔，何若潛修佛藏，結成正果？半僧老師，晚深知不是學佛的料子，涉獵佛經，也不過跟著大夥兒人云亦云而已。多點知識也不錯啊！善哉善哉，賢弟胸懷坦蕩，個性開朗，不同於俗人者此耳，可喜可賀。惜悟性不高，唯以誠處，坦然處，令諸眾生，知三界苦，亦佛矣。多謝老師指點，晚也知道來來往往一首詩，魯班門前弄大斧是很失禮的。老師渾身禪味，相對凝坐，只顯得晚俗不可耐了。賢弟謬譽矣，老夫十九之年，偕女私奔造孽，抱憾終身。賢弟曾閱蘇曼殊李叔同虛雲。善哉善哉，雖不入佛，受身因緣，亦佛矣。老師這麼一説，晚反而自慚形穢了。只願從前輩身上，多學點佛理，造福世道人心。宗教這東西，是不能也不應勉強的。

　　全卷至此結束。字體過大，紙卷又嫌略窄，全部不過四百餘字，抄在稿紙也不足一頁，但每讀一遍，總覺得全身舒服，茅塞頓開：唯以誠處，坦然處，令諸眾生，知三界苦，亦佛矣。

曾刊於《星島晚報・大會堂》，一九八四年四月十八日

醉倒

　　室內一燈如豆，萬籟無聲。正來回踏著方步的，是斗室的主人，右手把玩著染毒的匕首。時而仰首長歎，忽而向壁放歌，心裏匯織了千千結。眉月懸空再引不起今夜淡淡的愁懷，一直自命風流，仗劍斷乾坤的壯志豪情，依然深埋胸際，絕不輕易洩露。這樣的經驗，好像覆蓋蟬紗的美人，臉上雲酡媲美一抹紅霞，輕曳蟬衣竟將神祕化淡了。這人想了許多，連當日和狗屠競搏，怎樣一衝上前，左劍直指咽喉的手勢也想起了。明知捨短入長，倏忽縱橫，是劍術的瑧境，太多時候卻力與心違。改而搏鬥拳手，以劍入拳。秋天終於降臨，雁群井然列隊，越山過嶺，啁啾著向他辭別。秋的天空萬里無雲，雁群喜歡自他頭頂，一排一排掠過，趁低掠頃俄，突然盤髮長嘯，跟著凌空飛躍，劍尖恰好刺進大雁腹底，血濺滿了一臉，滴落腳下的浮沙。

　　滿腔自信長了腿似的跑回來了，直等到太陽趕著下山才離去。經年寂寞都隨流水，不必細訴，也缺乏細訴的對象。三番四次自薦，但無知音。燈下，最後一口酒也喝完了。總不甘際遇多舛，有時覺得這樣浪跡天涯，何時才會結束？青樓為家，酥胸當枕，最後將自己的棱角磨平了又怎樣？日出又日落，葉今年落了，明年再抽新綠。腳底無盡的泥塵路，仍是那麼刻劃

著顛倒變幻的紀錄。死不足惜，唯怨未遇高人，太陽至終也難免燃盡。這麼莫名其妙的死，難道就是人生目的？

只有一次，當他放下長劍，樹蔭叢中突然躍下一人，快速無比，正待提劍追上，已消失蹤影。果然好身手！他興奮地叫出來，但以後再沒碰到這人，更看不清對方相貌，也無法肯定是男是女。真想順勢向來人擲劍。憑當時的距離，那顯然是致命的一擲。但來人側身下躍，彷彿預知必有來劍，就這麼略一猶豫，那人早已走得遠了。這一帶，方圓十里之內，誰高誰低，早已心知肚明。那人是誰呢？想了好幾晚，總沒法尋出答案。

主人還喝麼？僮奴關切地問：再喝，恐怕誤了明天的大事。主人，那是擔在你身上的大任啊！

你說的是。稱作主人的漢子點點頭，閉目問道：將軍頭蓋好了吧？

主人是說那怒目圓睜，血淋淋的頭臚麼？僮奴顫抖著身子，一想起就覺得嘔心，眼前陣陣暈眩。

放在那兒也好。主人依然閉目回答：等會我再洗一遍，修修鬍子和頭髮。

將軍頭和督亢圖，大王果真得之而後快麼？僮奴深深吸一口氣，雙目毫無表情。

主人沒回答，久久才冷冷地道：設法去花仙樓借點酒，說是你主人借的，以後雙倍奉還。你該記得，那兒的花仙，美豔絕頂。

主人不必再喝了。僮奴恭敬地說：花仙麼？人家都說，她才是窈窕淑女中所描寫的淑女，不像風塵女子。主人難道，難

道也曾贈詩敬酒？

　　僮奴看樣子，該十四了。為了讀書學劍，跟在主人身邊，大江南北的跑，少說也兩年了。人很機靈，看出主人的心事。並不為了討好，僅僅盼望能傳授絕技，終有一天也像他一樣，倚劍凌空，直刺飛翔中的雁腹。眼看是最後的機會了，主人仍然沒有絲毫表示，唯有退一步請求主人⋯⋯。

　　正在這時，主人鼓氣吹熄了燈，一手抓住僮奴後髮，兩人同時倒下，背貼地板，一柄短劍就在背倒貼地的一剎那，嗖的一聲擦過鼻尖，登時斗室漆黑一片。主人趁勢猛力一推，僮奴直滾到靠門的角落，半途才警覺刺客竟是強手。感到腰痛難當，睜眼看看原先坐談的位置，黑暗中依稀看出，主人已經翻過身，仍坐在原來的地方，好像沒發生甚麼。然後，腦子清醒了。聽到一個熟悉的聲音。僮奴，貴客遠道來訪，我們的酒早已喝完了嗎？那麼再燃小燈，招待貴客吧。

　　僮奴慌慌失失的點燃小燈。主人還是雙目緊閉，繼續問道：僮奴，貴客就在你頭頂，那麼坐著一定不會舒服的，還不快快請他下來？你先聽著：你跟我兩年，噢，是兩年了吧？我對劍術略識皮毛，慚愧慚愧，我能傳授給你的，僅皮毛而已。你的緣分來了，貴客武功比我強得多，該拜他為師。

　　僮奴抬頭一看，主人口中的貴客，果然坐在樑上，哈哈狂笑，隨即翻身躍下，姿態既美妙又瀟灑。雙腳剛站定，立刻轉身向主人拱手作禮。

　　荊卿果真是高人，擅闖私宅，尚祈原宥。説到收納賢徒，萬萬不敢。老夫雖然比荊卿多活幾十年，對足下的壯志，卻是

自愧不如。

主人心裏不相信貴客自認老夫，抬頭張眼一望，當真是滿頭銀絲的老叟。老人談笑自若，提起差不多四年前的舊事，那回在樹蔭叢中，窺他練劍的情況，一五一十數了出來。還好奇地問主人，何以當時不擲劍一擊？自信雖有準備，卻無把握立即避過。是以一躍以後，馬不停蹄離去。

老叟當夜一番叮囑，主人無限鼓舞和感激，太子待人無禮。老叟輕拈鬍鬚，面罩寒霜，從腰袋拿出自己帶來的酒瓶，遞給主人先喝，才慢慢說道：聽說前天太子以玉盤盛美人手侍荊卿，有這回事麼？

主人搖頭歎道：太子這人有負將軍頭，本不從命，但承諾在先，唯有孤注一擲。尊駕來得正好，雖素昧平生，無妨與晚生竟夜談，後輩正為此事煩惱。但前輩放心，晚生絕不後悔的。

荊卿說的正是，老叟道：太子已選中秦武士和荊卿隨行麼？唉，那人不行，不行。

前輩不必多說了，是太子自己選的。

荊卿且聽老朽一句說話，若老朽願助一臂力偕行，還來得及麼？

主人參信半疑，此行凶多吉少，我頭頂青天，何必連累別人？這老頭一身武功，能得他拔刀相助當然好，沒有他同樣可以行事。老叟沒等主人回答，卻搶先說了：可惜老朽有一致命弱點，每回刺殺強敵之前，必須大喝陳酒，愈陳愈好。每飲必醉，一醉就誤事了。荊卿是鐵錚錚的漢子，不必細表，也知道老朽心意吧。這裏還有半瓶，來，我們再喝。

也不知過了多少個晚上，他一直心頭沉重，無法執筆。連連翻閱所有資料，全部和江湖上流傳的這位神祕客有關。如果去的是那兩位高手，一個提著盛戴將軍頭的盆子，一個拿督亢圖，一擊而驚天下，止干戈，歷史將怎樣續寫呢？想了好幾晚，實在很難下筆。一晚飯後，他匆匆穿衣外出，口裏喃喃自語，突然半途折回，在牆上揮筆疾書：「有所待，欲與俱，其人居遠未來，而為治行。頃之，未發，太子遲之。遂發。」最後幾行字蹟很模糊，唯獨「於是就車而去，終已不顧。」這兩句，字體分外勁秀。

曾刊於《星島晚報·大會堂》，一九八四年七月十八日

彈筑

　　車夫手揚長鞭呼叱用力狂揮，馬車趁勢向前飛馳。圓圓的車輪，沉重壓著地面劃起兩條坑溝，又長又狹，隨即捲起一煙黃砂，慢慢掩蓋這無垠無際的荒野。車逐漸離去，帶動滾滾沙塵，最後隨風飄浮。當塵埃落定，車早已走遠了。天高飛鳥過，清晨的空氣原來那麼美好。瞬間太陽正懸，此刻卻開始下沉。剛才的餘輝也許是明天的徵兆吧，縱然自負，有時也不能不相信命運的嘲弄安排。

　　車內只有兩名乘客。靠左那位長髮盤結頭頂，雙目只管凝視遠方山色裏那抹殘紅。恰巧孤雁橫過，展翅美姿竟和心房跳動的聲音互相脗合。雁翼節奏均勻，上下拍動；每拍兩三下，太陽就缺掉一些。馬跑得比先前更速，眼看快追上了，朵朵彩雲突然移過，雁也跟著失去影蹤。這人和另一人相對而坐，白衣簡服，額上紮一條紗布，傍挨窗口，渾身素白未減半分威嚴。不時點頭含笑，最後張口放歌，唱盡了幾天來心底鬱結：

> 行邁靡靡，中心搖搖。
> 知我者謂我心憂，
> 不知我者謂我何求？

那人唱至一半，坐在他前面的漢子，立即轉頭微笑，輕輕問道：還記得那回一個擊筑一個高歌的情景吧？穿白衣的剛剛自顧自唱完了那句「不知我者謂我何求」，也不等他再問下去，連忙回答說：怎會不記得？高山流水，以待知音。你一出現，歌聲只有更宏。還沒說完，早已嘻嘻哈哈笑起來了。

他擊筑也真有一手。現在算算總有兩年了，那晚兩盃下肚，單人匹馬跑上街頭，身子搖搖擺擺，口裏咕哩咕嚕，唱些不三不四的小調，引來成群野童跟過去；圍住他，拉他衣角，還用腳踢他小腿，可從不見他發怒。人人都說他醉了應當回去，擁嬌娃睡夠一天半夜，酒瘟自會不藥而癒。其實他人很清醒，剛站定，兩手前伸，滿頭黑髮朝後披翻，還看不清雙腿怎樣屈曲的已經坐下，嚇得野童一邊跑一邊大叫大嚷。提來的黑箱子陳舊不堪。打開箱蓋，枯竹輕輕下擊，樂音悠揚，像漪漣四播，徐徐擴散，最後隆然大響，整條街整個市集，立刻陷入神祕弦音聲中。人愈聚愈多，大家都被突來的筑音驚動。樓上高閣幾位雅士弄琴，洋洋自得。筑音就在這時傳進耳畔，才知道技不如人，詩興更無從挑起。

那回初次見面，說是機緣倒也見得。要是筑音給幢幢厚牆阻住了，會不會終生未能相逢？不會的，不會。先開腔的漢子堅定地說：只要提竹一擊，就恍若狗嗅到肉那樣，自自然然會找上門來的。

我也這麼想。笑臉收起了，心情異常沉痛，隱隱約約自眼角流露。許多往事都忘記了，唯獨初遇那次街角放歌沒有遺忘。在他的記憶裏，那回真的喝得酩酊大醉。說也奇怪，剛聽到筑

音，當真精神抖擻，跑上去深深鞠躬，一句「天外仙音」，兩人就這麼唱起來了。且彈且唱，時而婉轉抑揚，群鳥畢集，落在地上跳躍吱喳，仙界天籟逼使萬物也清靜片時。過了不久，人人都知道他們一個善歌，一個善筑。看，他不久就會淚灑當場。遠遠屋內站著一名老漢，以前是賣唱的，自從給仇家砍了雙腿，歸隱市中爛屋。指著彈歌的白衣人，對給他燒飯弄菜的老婦道：他將真情放進歌裏，情到濃時，會眼淚盈眶，旁若無人，果然是天生的歌客啊。

　　老婦不懂得何以真情溶進歌裏會湧出眼淚，只知道歌者歌聲悅耳，連麻雀也趕來唱和，那倒不簡單啊。老婦低首抹桌，忽然，陣陣輪聲由遠至近，老漢連忙拉過老婦走到窗前：你看，是甚麼人來了？

　　驛車漆色帶彩，前面一匹駿馬，跑起來老是抬頭弄姿。車夫也穿得不比尋常，只要這輛驛車亮相，人人退避三舍。來不及退避的，也肅立街頭，可見車中人身分相當特殊。

　　唔，又是這沒出息的小賊子。老婦輕蔑地說。

　　你在這裏講講也無妨，老漢說：在外邊卻不能這樣了。這種人，還是避開好些。

　　當然。街上那兩名彈歌知客，愈唱愈彈愈高興，匯聚雀鳥也愈來愈多，將他們重重圍住。果然不出老漢所料，擊筑那人引吭高歌：

> 知我者謂我心憂，
>
> 不知我者謂我何求？

唱至首句「心憂」兩字，停琴良久，歌聲哽在咽喉，似唱不唱，淚開始流下來。筑音半途停頓，默然無聲，兩人就這樣坐擁涕泣。彩車此際到了眼前，車裏人陰聲細氣問道：

又是那兩名令人討厭的醉鬼麼？

是，就是他們，車夫靜靜回答說：少爺打算。車夫略為猶疑，轉頭偷看少爺。風過處，掀起半角窗簾，沒人能猜度他到底打甚麼鬼主意。少爺，他不賣帳哩，你邀他到府上擊筑，奉若上賓，他反而當你是腳底下的螞蟻。

好，你就停下來吧，將金子拋給他。

少爺吩咐的，豈敢不從。

唔。少爺拉開窗簾，將金子遞過去：你拿著，趁他們還哭個不休拋出去，可要瞄準了。

車夫稍提中氣，拉緊繮繩，彩車立刻停住。眾鳥紛飛，越過他頭頂，好像故意搗蛋，朝車頂撒下幾堆鳥糞。等到百鳥散盡，才從容將金子拋出去。陽光下，金塊閃爍燦爛，清光耀眼。車夫哈哈大笑，策馬繼續前駛。少爺算是洩忿了，此刻正想些甚麼呢？一定離不開由恨砌成的感受，卻在車內裝出毫不在乎的樣子。

擊筑的猛然一躍，拿起金子。

是怎麼回事？歌客莫名其妙的問。

這人不值一哂。

他是誰？車的派頭可真夠瞧啊。

是市郊醉仙樓少主，生來蛇頭鼠眼，又喜與賢豪長者相交，偏偏不知自重。

醉仙樓少主？呸！歌者隨手搶過金子，狠狠應道：擲回去，我們這樣放歌，豈僅值一金！

歌者隨即拿起金子，抹抹兩頰淚痕，右手運勁朝彩車擲過去，金子恰好擊中車廂頂，卜一聲反彈落下：去你的，呸！一語說畢，歌者重新坐回地上。

天際雲層逐漸濃厚，兩人哭聲都停止了。行人次第圍攏爭看淚人。一名貌似書生，文質彬彬的青年排眾趨過來，拱手深深一躬，迎著擊筑的，誠惶誠恐地說：足下擅奏仙音，素仰素仰。久聞附近傳說，先生大姓高。那就好了。在下學筑經年，毫無進展，高先生肯教這頑人麼？

歌者如今始知，擊筑的姓高。剛才一見如故，只管浪歌穿市，連台駕大名也忘了請教。見他久久不語，轉過頭對青年道：高爺今兒有要事在身，無法拜訪尊府。那樣吧，足下且留個地址，日後由我出面，教也好，不教也好，都到府邸覆話，意下如何？

青年依依不捨，無可無不可，最後才慢慢說：高山仰止，筑音迴蕩，眾鳥果真齊聚，當世有誰辦得到呢？先生也是高人，晚輩人際經驗雖然欠缺，卻生來敏感。先生才開腔，已令人傾倒十分了。這幾天，遠近無不傳誦，先生是大名鼎鼎的荊爺吧？隔壁老漢說你深沉好書，文武雙全，在下可要跟先生學劍了。

足下過言了。歌者終於站起來：論劍，還不是時候，聶子劍術一流，你應當跟他學。

青年眼看不得要領，微微後退兩步，再深深一躬到地：我看，剛才先生說留個地址，也不必了。青山綠水，後會有期。

縱使天涯海角，只要高爺仙音仍舊，在下是會和他碰頭的。

　　青年長劍微擺，倏然離去。大家議論紛紛，既身懷絕技，來人不恥下問，何不成人之美？話雖這麼說，看他今天也不願傳人絕技。擊筑要長一副善擊的良相才行，天資不足，教他三四十載亦於事無補。說來說去，天賦本錢才屬主要，後天培養效果甚微。

　　這麼一晃又已兩年，高爺從來不念煙雲，不問時間。車廂狹窄的空間，將兩人的感情濃縮一塊，逐漸揉捏成團。忽然想起氣氛凝重，喝酒才可以解悶。高爺似已看穿他心事，右手按住他左手，低頭問道：你不是說過譜了新詞的嗎？就拿來試唱，看看是否對板對眼。

　　妙極，是前天試作的，但不滿意。依你看，還要多久才趕到水畔？他們都來送行麼？

　　拐了這個大彎就到了，高爺繼續說：他們應當早就等著了。我們坐在車裏不知，其實已趕了大半天。唉，日色漸淡，四野漸寂。尊著不滿意，看看拙作如何？荊爺，我先唸兩句，你留神聽下去吧：

　　　　風蕭蕭兮易水寒
　　　　壯士一去兮不復還

　　筑音適時響起，穿透萬頃寂寞，將重重心事，送向波濤洶湧的易水之濱。山依舊，人依舊，隨著音聲盪漾，餘波未退。車夫無限哀愁，止住了蹄聲咯咯的白馬車，一汪淚水恍若破雲

狂倒的驟雨。忍不住下車，跑進車廂，面對荊爺垂淚涕泣，羽
聲慷慨。高爺臉部陣陣抽搐，二目皆瞋，髮盡上指冠，淚垂歷
久不息。前去還有一角彎道，但馬車委實停留太久了，好像給
厚膠封貼，白馬也好像變了雕塑的石刻。漸褪的暮色更像頭罩，
慢慢罩住了無邊際的空間；從天那邊，展開半色淡彩，罩住了
地這邊。無窮無盡，又好像難以形容的幽靈。

曾刊於《香港文學》第一期，一九八五年一月五日

詩鬥

　　我們依時抵達橄欖街三千號橄欖園羅問時的公寓。車一停，發覺轉了彎才出現的三輛小房車也跟在後面依次停下。我們這一輛居然帶頭，好像總統出巡的車隊，護駕的盡是身手不凡的無名英雄。車隊裏有一輛本田是熟悉的，小陳拖著胡姍從車裏鑽出來，嗨一聲跟我們打招呼。出發不久，我們就開始談論到底羅問時為甚麼請客。當然，請客不必規定要弄個名堂，只要興致到，大家空閒無事，擺擺龍門陣，縱橫天下局勢，大夥兒等候主家太太嬌聲滴滴招呼進餐，好歹也算是請客。其他兩車乘客就不認識了。小陳是詩人，去年靠一首〈踏雪問蒼生〉，贏得了卑詩大學詩歌朗誦協會一次公開朗誦比賽冠軍。妻常常稱讚小陳天賦異稟，一山一水固然可以入詩，即使幽室獨處，也會靈感泉湧，下筆千行，倚馬可待，真教玉樓應召的李賀汗顏不已。那次他帶了一位漂亮小姐，就是他身旁這位胡姍，也在羅問時的公寓碰上了。我曾和他鬥詩，因為直覺中，只暗佩他驚人的記憶力和朗誦時昂頭搖首，手勢適可而止的翩翩豐姿。講到詩才，總不致於將自己看得不成樣兒。

　　上次鬥詩，我故意賣弄。所謂鬥詩，倒不像劉三姐對唱那樣歌來歌往的，只是彼此對答盡量帶點詩意。當日舉座騷人墨客，慣了吟風弄月，新體舊體都可以一揮即就。那位小姐也落

落大方。曲鬈秀髮絲絲一垂到肩膊。我就趁他們進來後坐下不久開始難倒他：

> 身旁的美人，三千絲猶在，
> 那是詩人眼中的佳麗吧？

小陳好像會意我向他挑戰，不慌不忙陪笑站起來，當著羅問時的臉，嘻嘻哈哈笑迎：

> 絲猶在，東施猶在，
> 只怕如狼似虎的眼睛，
> 嚇驚來人姿容，
> 笑談間，坐也不自然。

這次鬥詩在歡笑聲裏結束了。後來羅問時憑錄音聲帶記錄，認為我只得「三千絲猶在」尚算佳句。小陳的詩自「東施猶在」起，多具意境，詩味繚繞，一交手就輸了。那次在羅問時家裏看見小陳始終和胡姍形影不離，倒覺得這人癡得可愛。沒有一個心愛的女人他是無法寫詩的。牌桌上何嘗不一樣？沒有一個心愛的女人依偎一旁，整個晚上會摸不到一張好牌。現在總算正經一點了，他將胡姍帶在身旁東奔西跑，總有半年了。半年以前，隔一個月便見他換一個，我們都暗自欽佩他心愛的女人居然這麼多。

我跑上去打開車門問小陳，羅問時為甚麼忽然請客？小

陳搖搖頭，擺擺雙手，聳聳肩就代表了他的一貫答案。另外小房車有男有女，都是羅問時的舊友。一位在圖書館工作，一位是《水滸傳》的研究專家，都帶了女友同來。另一位和小陳同行——詩人，靠賣文過活，專替富家子弟當槍手寫博士論文。這一行，據他說，只能靠口碑介紹，按件論值，通常一篇字數十萬計，酬勞五百元。詩人姓張，名片這麼印著：張亭，專業作家，詩人。地址：列治文第三街四〇三號。電話：二五七三四四三。列治文第三街四〇三號？那不是商業區？我好奇地問。對，商業區。我在那兒掛單，狡兔三窟，你知哪，寫詩不能賺錢。小陳率先領隊，大家就跟著來到大門前，先按按電鈕，輕輕對絲絲沙沙響起來的傳聲器道：我們都來了啦。上來吧。對方說。

　　大家坐下不久，羅問時介紹新朋友和我們認識，妻回答說小陳早已介紹過了。我急不及待問主人為甚麼請客？主人說，興之所至，沒有任何理由。今兒請來的，都是詩的行家，來一次別開生面的詩鬥好不好？羅問時老懷彌堅，年過八旬，但童心未泯，李白杜甫譯了一大堆，雙足踏遍黃河長江一帶，黃山嵩山年輕時曾拜訪過好幾次。講黃山奇松講一夜也講不完，娓娓道來，好像整個人也跑到黃山去了。羅問時說，好些古松，盤根錯節，日子久了，像春蠶吐絲一般將巨石包裹。後來泥土鬆弛，巨石懸而不墮，黃山古松奇就奇在這裏。造化神功，實在令人歎服。

　　羅老先生，我不是說詩鬥不公平，只是乘人不備，看來也不合理的吧，怎能要求人人都可以七步成詩？何況內子不能久

留，還要趕去醫院看望我母親。昨晚燉了一盅人參湯，今兒必須帶去。縱使於事無補，總希望她老人家能多喝一口。她是無法參加的了。不行不行，老羅拔一把擁住內子說：你賢外是才子，笑著指指小陳繼續說下去：不下陳應韋，臨急就章，也不見得會輸給七步吟出煮豆燃萁的曹植啊。總之，人人自吟一首，名為雅集，實則鬥詩。我內人雖然不會寫詩，但很懂得欣賞，她朗誦艾略特的《荒原》，柔聲片片，小陳也自愧不如呢。安娜，對不對？羅老太太在廚房自顧自切沙律，起先聽不清楚。隔了半晌羅問時再大叫：安娜，對不對？這時候才急促跑出來問到底甚麼對不對？在圖書館工作的朱大衛連忙插嘴道：你先生說你年輕時既漂亮，身材又好，現在也不見得走了樣哩。過獎了過獎了，安娜故意搔首弄姿。那口京片子是羅問時教的，她一直在中國住了四十年。我大聲說。羅問時好像故意和我搗蛋，也拉高嗓門道：我問你呢，你年輕時朗誦艾略特的《荒原》，很有一手對不對？

別開生面的詩鬥終於開始了，大家你推我讓，誰都不想先打頭陣。羅問時不甘示弱，聲明主人不能掠美，壓軸好戲應當放在最後。羅安娜也搶著辯說不應由女人開頭，口頭上講男女，總是由男的先行，沒有女男這個稱呼。胡姍第一個鼓掌響應，坐在她身旁那位研究《水滸傳》的祖祖不服氣道：羅老太太這麼硬嘴可說不通啦，世間俗例總是男讓女，豈有女讓男的？你那個色心不死的老頭子出門進門，不是先打開大門，總讓你先出先進，自己才後出後進嗎？你那個色心不死的老傢伙更威風，不是嗎？來到街上買東西，老是由他帶袋攜籃跟在你後面，

這麼硬嘴可沒人同情哩。安娜笑得雙眼合攏。罷啦罷啦，你這個祖祖立心不良，由我……。不行，羅問時連忙站立，一副招架的樣子：她還要侍茶敬水，總不能由她先來。

　　一時四座沉默，鴉雀無聲。彼此各懷心事，在腦裏打起詩稿。忽然，內子站了起來，我心裏暗自吃驚：黃臉婆弄菜還算到家，要她寫詩？可真像寒冬要百花齊放了。不過她人很機靈，又工於心計，平日讀過我的詩稿，藏在心裏也説不定。總之，她近來記憶衰退，這回肯定是獻醜了。內子一站起就顯露幾分倦容，十多隻眼睛同時集中到她身上。都是熟朋友了，不必客氣，內子慢慢説道：我既不是李清照，也不是喜歡和小讀者談天的冰心。但要趕時間，去醫院看望母親，既然我先走一步，外子稍後才會趕來，就由我開始吧。羅老太太現在由朋友指導學丹青，很有成績吧？煩她老人家借筆和紙一用。但首先聲明，既然詩鬥，各以詩為武器，也算別開生面。羅老先生沒有聲明在先不准用筆書寫，那我就不朗誦了，改用毛筆寫在紙上。各位要是不怪，現在就開始吧。

　　眾人見她説用筆寫不用口誦，又是一愕。總算開了頭，後來的再不能推讓了。羅老太太從書房裏拿出毛筆、墨硯和宣紙，羅問時將放食物用的活動小桌子推到客廳正中。我這是獻醜了，大家千萬不要見怪才好。內子最後捲起衣袖，煞有介事的揮動了毛筆，在墨硯上蘸了一下，大家就在這時候圍攏過來，低首靜觀：

恭錄賢外兩句賀蒙知友老北京羅

問時牧師譯成英文時維秋日萬里
晴空詩鬥興致勃勃
　甘心寂寞書千卷
　浪跡江湖筆一枝
　　　　　中山林紹貞敬書
一九八四歲次甲子中秋於溫哥華橄欖圍

　　下次再補個印章吧，內子低頭放好了筆。小陳急不及待，一把拉住我，興高采烈地說：老兄的舊詩也有一手啊，誰教你的？我實在說不出話來。內子一方面不想掃興，二方面也故意讓才子小陳看看講到詩才除他以外，總會另有高人，山外總會有山，人外總會有人。不能這樣漠視同輩，難怪他一把拉住了我便這麼追問了。內子斜斜看了我一眼，發覺我很技巧地抹掉快要流出來的淚珠，笑著打圓場：羅老太太，就煩你催催羅老先生，將這兩句早日譯成英文吧。羅問時一跳而起：哎，怎麼譯？你兩人聯手攻打老頭兒，怎麼譯？寂寞和江湖這對子，英文就很難配得很，要對得工整，連鬼才龐德也辦不到。哎，怎麼譯？羅問時雙手一攤，坐下來了。你就想想辦法吧。改天我們裱了才送給你。不過，你一定要譯出來，不能偷懶。

　　羅問時哭喪著攤開雙手的神情很可愛。內子首先離去，羅老太太送到門口。我一個人下去可以了。內子改操英語道：下一回詩鬥，要來舍下才行，打擾你了。內子離去以後，羅問時拿著那幅三尺長尺半闊的字畫，左看右看，樂不可支。想不到我們的余太太竟然會寫一手好字，那不是宋徽宗體？跟誰學

的？我也不大清楚，我回答説：她自幼就跟學校的老師塗鴉，這十年絕少提筆，今天忽然興到，怎樣？不失禮吧？

　　寫得頂好，余先生真是夫唱婦隨，牡丹綠葉，羨煞不少旁人。書千卷，筆一枝，浪跡江湖，還説甘心寂寞，朱大衞搖頭擺腦的説：你老兄可真是大智若愚啊。大家過獎了。羅老太太先遞給我一杯可口可樂，胡姍跟著拿了第二杯。羅老先生，我今天心事重重，家母病入膏肓，缺乏詩興，容我拿一首舊作續貂吧。詩是一九六一年十月十三日寫的，那時我在香港離島長洲，每天幹自己不願幹的工作，生活無聊得很，因此寫下許多詩。詩題〈小詩一首贈梅姬〉。梅姬是我年輕時的女友，目前在香港一家大學任英文系講師。我們卅幾年後彼此長大了，感情成熟了，環境也不同了，終於發覺只能用今天的友情，代替昨天的愛情，心靈的交通更深遠些。你們就聽下去吧：

　　　　十月又來
　　　　伴以多風的秋日
　　　　腳步移過
　　　　拍岸的浪聲移過
　　　　我遂記起那花棚下
　　　　幾首十四行

　　　　你有會笑的嘴
　　　　以及洋囡囡的眼睛

若無風無浪
十月不來
我將隱沒
於咫尺之內

啊　這多風的秋日
最是多愁善感的
草榭花殘的季節

小陳無限感觸，重複唸了一遍：

最是多愁善感的
草榭花殘的季節

　　隨即站起來說道：小余對我說過，你沒有心愛的女人不能寫詩。我可以告訴大家一個好消息：我快要結婚了，未來的妻子就是我心愛的胡姍，羅問時牧師一定要送我們一首十四行，要無風無浪，但不要隱沒在咫尺之內。小陳昂首看我，跟著扮個鬼臉：要會笑的嘴，又要花棚下幾首十四行。
　　小陳親自宣佈這個好消息令我們不禁錯愕。情場浪子從此修心養性，是不是隱喻詩才也從此結束呢？要將新人換舊詩，那不會是神話吧？羅牧師，你對浪子怎麼看法？羅問時含笑轉過頭：小余你這麼問也多餘哪，大衛，對不對？我看浪子這回也轉性了。胡姍，你可不能要他天天對著你寫詩，要吃飯，總

得找到點事做呀。

　　羅牧師你是要我革面洗心了？這個年紀，也該要面對人生了啊。座上各位朋友還要聽另一個好消息，朱大衛插嘴道：小陳的詩集《殘詩四卷》由胡姍英譯，下個月在蒙特里爾出版，他拿了一筆版稅，所以急著結婚，免得又在牌桌上輸掉。現在請小陳唸一首他的新作好不好？據我所知，他最得意的新作是〈四月的風景〉。我曾聽他唸過幾遍，連自己也幾乎可以唸。老朱你就唸吧。羅問時大笑應道：你偷詩，無人怪你。不行，不行，朱大衛搶著道：錢可偷，情人可偷，詩千萬不能偷。那你有甚麼不三不四的貨色獻醜？人家小余已先後露過兩手了。羅老先生，你也不能狗眼看人低，講詩才，小余雖勝我半籌，卻缺乏全篇佳句。我老朱不是嚇你，一唸就是千行。這一趟，我要唸千行詩了。你遲一點才放屁吧，羅牧師哈哈笑道：先聽聽陳大詩人的〈四月的風景〉再算。小陳，你先唸，小朱的千行詩下次聽錄音。

　　小陳站了起來，那神情令人記起徐志摩：

> 四月來了
> 天空的雲雀厭倦
> 過去的嘆息
> 問問百合花
> 懂得你的心事
> 夜來細雨淅瀝

改變這陳年的舊路
你走過的早已陌生
但四月來了
生命跟在後面

　　忽然，鈴聲大作，小陳那句「生命跟在後面」以後一段給鈴聲中止了，無法繼續唸下去。羅老太太趕過去拿起電話筒，一臉狐疑，再指著我說：余先生，你太太來的電話，好像事情很急。我當時沒想到母親的病，打算詩鬥曲終人散，立刻趕去醫院看她。知道是內子搖來的電話，覺得大禍臨頭。接過電話筒，足足呆了一分鐘才放下，心頭難受，淚也不自禁地流了出來。你母親過世了？張亭問。我點點頭。羅問時站起來握住我的手說：我不知怎樣安慰你才好。你母親那種病是絕症，誰都無能為力。要是你像寫詩一樣，看透了一粒麥子若不落在地裏死了，仍舊是一粒；若是死了，就結出許多子粒來的道理，就會相信死亡不是終結，而是另一種生命的開始。

　　羅牧師，我們一同趕去醫院，小陳說。

　　我也這麼想，羅問時回答道：醫生應當遵照舊俗，讓死者的親屬看完了最後一眼遺容才遷移屍體的。小陳，這是好事，你心腸好。

　　小陳感動得眼淚直流。現在，小客廳裏的淒慘氣氛，和剛才的熱鬧情況相比，簡直無法形容。剛才喜沖沖，大家盼望早日吃小陳的喜酒，現在忽然愁雲籠罩，覺得前路茫茫，大家身不由己要起程，趕去看一位朋友母親的遺體。我們車分兩路，

羅問時反對我駕車，指定小陳和祖祖分別駕駛。羅牧師坐在我
身旁，一路上沉默不語。路旁黃葉遍地，一夜風聲平添幾番哀
愁。詩鬥未曾結束，永生卻明明擺在我們眼前。當歌聲唱盡，
詩音消散，留下來的不過是一個無名的影子，像我年邁的母親；
至終只能留下一鉢骨灰，讓子孫閒來看看。但在永生的彼岸，
音容仍舊，不斷帶來安慰，嵌在我們心上，好像天邊慢慢飄過
的雲彩，今天去了，明天還要再來。

曾刊於《香港文學》第二期，一九八五年二月五日

聽雪

雪自禿樹來，自山巔降，自高天下。眼望蒼茫茫，皚皚大片，烏黑的屋頂也蓋滿了。三天悶坐斗室，獨對寒窗，雪居然下個不停。這幾年，風雪橫飛的機會甚少，一線一絲是挺標緻的，宛如天梯，直通無盡高處；下降快到地面，都變了若斷若續的白綿。其實一段段一塊塊，形態互異，千奇百怪，貼到窗頭未及細看，早已化作微塵不染的水點。雪可以聽。六瓣星狀的雪花，駕輕風蕩過，音聲自心頭蠡湧起，也只能憑意聽聲，借心辨別落下的雪音。教我聽雪的是八十五歲的老叟，晚年仍耳聰目明，行不帶杖。平日晨茶午酒，兩碗淡飯白得像眼前這絲段片塊的雪。

老叟面色紅潤，居家四壁淺藍，向東的牆角經常放了一盤萬年青。夏天與太陽競起，冬夜獨坐梳髮聽雪。那是怎樣的異音呢？老叟捋鬚凝視，一字一句的回答：你曾聽過蟻搬動重物的聲音麼？還以為開玩笑，老叟反而認真起來：識由心生，讀詩須以心唸而不由口誦，蟻行引起的聲浪很像音樂，每一步代表一個音符。藉眼看雪，只看到達雪的表象範圍。看時心意兼顧，耳目相隨，正是我所講的聽雪。老叟微笑面對白色的窗外世界：這功夫，也不是一朝一夕練得來的。到了他這個年紀，打滾的風塵翻來覆去。昨日西風涼冷，今早北凜冬隆，雲煙舊

事何必重提，心境只像絮飄的雪花，散聚於無形。你一個人住在這裏？老叟淒然點首。那回初聚，氣色充滿豪情，每次得錢沽酒，細雨檐花落，也許高歌還見鬼神。兩年後，我因事重遊，老叟再坐窗前聽雪，心事重重，知他老伴物故經月，酒杯空置枱上。那個下午，雪來得特別大，街上三兩停車堆成雪丘，連偶爾雪中飛過的落魄瘦鴉也失蹤了。心聽雪音，自高空層層湧進。奇怪，老叟慢慢點頭道：聲音怎會稍沉，好像給甚麼拉住了，你唸一首詩吧。我不懂英文，還是唸中國詩最好。

　　可曾記起杜甫寫過一首〈對雪〉？口誦難比心聽，為了保持意在言外的氣氛，特別關上門，兩人面對盤膝而坐，右手執筆疾書：戰哭多新鬼，愁吟獨老翁。亂雲低薄暮，急雪舞回風。瓢棄樽無綠，爐存火似紅。打算繼續寫下去，老叟竟自站了起來，轉過臉說：對雪，老弟自幼就唸杜甫的吧？數州消息斷，愁坐正書空。廿歲那年，我拼命學杜甫，經過幾次戰亂，自己的詩早已丟失了。對雪，酒債尋常行處有。老先生已然酒盡杯空了，這一句，也是杜甫的，下句是：人生七十古來稀。老叟哈哈狂笑。雪仍下，窗外仍白。

　　去年楓葉落盡那天，五訪老叟，見他癡呆獨坐，如老僧入定，說是涼秋聽風，有若鼓雷鳴響，風和雪的音質彷彿天壤，心情似乎好轉。醫生來過了，老叟低下頭：要我注意穿厚衣，以免著涼。房內暖呼呼，滿室如春，怎會輕易著涼？老叟回答道：晨早跟幾位同伴到外面草坪晨運，也不過讓身體活動，多吸清新空氣，看見紅彤彤的太陽，但覺渾身溫暖。今回拜訪後離去兩天，雪臨成暴，閉目伴窗聽雪，驀然驚醒，電話聽筒傳

來老叟獨子的聲音，說他父親雪中辭世，倒是意料之外，與雪同化畢竟令人悲慟。雪下過，此刻天際仍白，老叟卻已乘鶴西去，晚來欲雪的天色比前更厚了。

曾刊於《香港文學》第十四期，一九八六年二月五日

春盡

　　預期的時刻終於降臨，心境比平日寧靜得多，思緒也更集中，連紙片跌下地面的聲音幾乎可以分辨。張開眼睛，山那邊朝陽燦爛，金光似火。晨風輕送，慢慢吹拂樹蔭綠葉，帶動園內爭妍鬥豔的水仙和鬱金香。株株高與膝齊，紅白黃相映成趣，在風中婀娜款擺，像清歌曼舞的仙子，搖曳生姿，抖落點點晶瑩圓透的珠露，掉進泥裏，一再交織眼前這片小天地。掀開窗簾，群鳥倉卒起程，好些還轉過來，吱吱喳喳向我道別，向我問安。鳥的老家就在附近那株老櫻桃樹。算算看，近兩年我一直是這裏的長期主顧；去年差不多同一時間，曾小住兩星期，單人私家房天天訪客不輟，人來人往。服侍我的不是安娜，也不是麗莎。她叫依莎，捷克金髮女郎，做事細心，溫柔體貼，每隔兩小時把脈測體溫，像母親哄孩子那樣哄我吃藥。我悶得快要死了，脾氣暴躁，不想再喝了，依莎只好抬頭睜眼，無可奈何，轉身跑過去打開窗門。空氣太混濁啊，你偷偷抽煙麼？沒有，我鄭重回答她。那就好了，依莎走到我身旁，扶起這屢弱的身體，半坐牀頭，雙手撐住又白又方的軟枕。她以為打開窗，讓新鮮空氣溜進房子，污濁空氣會馬上清除淨盡，事實上無濟於事。那陣看來很快會散掉的萬寶路煙燻，在廁所裏依然死纏不休。偉賢曾經在裏面泡了十五分鐘，異味難當，開了抽

氣機也不行。泡廁十五分鐘竟留下餘氳殘調，下次該吩咐他試試多吃菜蔬少吃牛扒。偉賢和我相識快十年，是典型的玩家，早我兩年移民。十年間，未見他辦過任何正經事，近日當了積格奴，混在花叢過日子。我勸過他總有幾十次，自前年起，逐漸感覺心灰意冷，索性任他自生自滅。虧他神通廣大，居然自動摸上門，不禁令我驚詫錯愕，張皇失措，他反而從容不迫，笑著轉進廁所。大約過了十五分鐘，才關上廁門問：沒事吧？我搖搖頭，的確再沒興趣提起他。回家三個月的第一個星期天，依莎忽然來電，問我偉賢的行蹤。她留下你的電話，告訴我有事找你總會找到他的。依莎哭喪著臉在電話裏飲泣的悲傷神情，誰都可以想像出來。那天女兒接電話，不露形色。依莎含淚訴衷情，現在回想前塵往事，好像不是去年發生，彷彿是昨天的事。不問而知，偉賢一定鼓其如簧之舌，依莎聽他花言巧語，竟動了真情。我年紀大了，記憶衰退，對去年的事，印象日漸模糊，只記得他曾經說過：她明知我吊兒郎當，偏學飛蛾撲火，有甚麼好說？從前洋人玩中國女人，現在要轉過來，輪到我們中國人玩洋女人哪，多麼了不起！我們不是站起來了嗎？這話令我沉痛了整晚，他大概是用這種方式，發洩他的民族感情吧。這樣的感情，不能不說近乎畸型。依莎找過我四次，是護士學生，讀完普通護理，再讀手術專科，眼下鵬程萬里，前途似錦。本來哩，男歡女愛很正常，眉來眼去著了迷，急不及待牀笫逞快也沒有甚麼大不了。問題卻在依莎，對偉賢竟動了真情，愛情苦果只好獨自品嚐。我唯有盡量安慰她，勸她馬上放棄積格奴。他是積極奴，是笑臉迎人的惡魔。我說：他還

有難以言喻的奇異心態，將百數十年間洋人欺負唐人的怨氣舊債，一併在你身上發洩。在他來說，這是報復心理的正常表現。看情形，依莎終於給我開解了，那次談話以後，再沒機會碰頭，問過好幾位護士也不知她去向。至於偉賢，剛才只逗留二十分鐘，其中十五分鐘是在廁所裏泡掉的。他的行為舉止，委實神憎鬼厭。儘管不願與他為伍，勸他不要再來又似乎不近人情。在這段時間內，我告訴他：希望好好靜思己過，反省一下五十多年來個人的歷史得失。新知舊雨來了又去去了又來，可惜他們的慰語問安，通通變成例行公事，毫無新意。在這個關鍵時刻，我能期望你給我甚麼呢？我繼續說下去：請你不再麻煩我吧，讓我三省吾身，趁此生的答案還可以尋覓就尋覓，我的時間所餘無幾了。你不了解我，偉賢狠狠關上大門，咒罵著離去。除了這句話，再沒有留下甚麼。

安娜和昨天的安娜判若兩人，不再站在窗前，呆呆觀賞群芳競豔。昨天下了班，吃過晚飯，微服來探問我，不施脂粉，也不塗唇膏，窄褲包裹盛臀。樣貌不漂亮，卻散發著少婦特有的成熟氣息。安娜是她的洋名，中文叫陳凝枝。十天來，我看得出她情緒恍惚，神不守舍。我開玩笑問她是不是失戀了？安娜沒回答，反而追問我怎麼知道？從那次起，我們不再陌生，一天比一天熟稔，互相傾訴隱藏內心深處的祕密，像童年時代碰見的說書人，講西廂講得哀惋淒涼。安娜沒半點江湖氣，雖然認識不過十幾天，離開了這地方，各奔前路，我也不知會跑到那裏；此刻面臨的關鍵時刻，完全沒有把握。我從鏡子裏三

番四次看自己，顏色憔悴，形容枯槁，鏡中人怎會是自己呢？安娜早午兩次進來，我們變了熟朋友以後，下了班，只要心情好，總會來陪我聊天。

　　我第一次看見他就給他非凡的儀表深深吸引住了。他走路一拐一拐，極不自然。長年累月的工作經驗，再加上本能的職業性反應，肯定是套了偽腿走路。他住在街角那邊，距離我的住宅大約三百呎。透過廚房的小窗，會看見他坐在客廳裏閱讀寫東西，可惜不大清晰，起初他不發覺。我丈夫從來沒留意這點，現在也不留意。那早上我剛巧浴罷跑出來，沒有穿衣，沒有穿衣，赤裸身子跑進廚房。我丈夫睡醒了。我還很年輕，你是過來人，應當明白在這樣的場合男人的正常反應的吧？我丈夫性慾特別強，不解溫情。窗簾沒拉好，只要留心偷看，廚房裏這對夫婦幹甚麼總會看到的。我對粗野的丈夫不能說沒有感情，也很滿足我的要求，但無法從他身上獲得我那與生俱來的母性的安慰。他喜歡事事操縱我，而我卻永遠被動。這且不說，事後我懊惱極了。等丈夫上班去了，連忙拿出望遠鏡，套上三腳架，校準焦距，拉好窗簾。窗簾穿洞，剛好套住鏡頭，從外面看只不過黑點。我雙眼貼著鏡頭望過去，發覺他痴痴呆呆望著小窗這邊。我的心卜卜跳個不停。他讀的書名叫《快樂的死亡》，我為他特別買了一本，是法國作家寫的，小說充滿奇怪意念。我擔心他看到我和丈夫剛才幹的事。一旦看到了，會不會認為我放蕩不羈呢？我希望這種思想不會強加進他腦子裏。雖然不是初次發覺他朝我這邊望，但他那對深情的眼睛很令我陶醉。他吃力地支撐著身子站起來，拿出清潔劑，噴射窗上微

塵污跡，再用白布抹抹，然後坐回椅上，又深情地望過來了。

　　晚上丈夫回來了。他是法國裔，在紐芬蘭長大，十四歲去了魁北克並在那兒唸書，講的英語帶著極濃厚的法國口音。晚安，愛人。丈夫跑進廚房，摟住我，吻我的臉：我今晚另有約會，不能陪你了，學校要開小組會議。可以再來嗎？丈夫摟得我更緊，這只有令我更反感，興味索然，可抗拒無力，盡量哄他說：你不理會別人的心情，你應當娶別的女人才對，我們中國傳統習俗不會這樣隨便。啊，算了算了，丈夫回答說：不要生氣啊，愛人。我喜歡孩子，你沒有給我。我不是早說過我不想養孩子嗎？丈夫聽了很生氣，我也覺得傷心；兩人之間本來沒有阻隔，他很愛我。天天提早下班接我回家。那時我在市中心聖保羅醫院工作。我們常常為了這事吵架，每次他都向我道歉求恕。但我們的心靈無法相通。我勸他不要白天來，他說晚上提不起勁。我反躬自問，半月早班半月夜班的生活也顯得太枯躁乏味了，只好遷就他。每次事後拿出望遠鏡，總看見他痴痴地朝小窗這邊望。

　　夏天到了，會看見他每個早上，千辛萬苦拉開所有窗簾，讓陽光曬進客廳。那天他出去了，透過望遠鏡，第一次發覺四壁掛了幾幅大小不同的裸體畫。有線條細膩的，也有筆觸粗獷、構圖另創一格的。其中一幅，還記得畫家題名莫迪格里意安尼，我跑去也買了複製品，掛在飯廳。我對丈夫說，這樣可以增添幾分浪漫，他於是乘機買回來幾本裸體攝影集給我看，這更令我討厭不已。他沒留意我偷看三百呎以外那位陌生人。提到望遠鏡，反而問長道短。那時我為了消磨時間，每個週末陪珍

妮一同去太平洋國家展覽館馬場賭馬。珍妮是活躍商場的女強人，結了婚，已經是三個孩子的母親了，但，看上去仍像廿五年華。她曾問過我嫁給法國丈夫到底享受了些甚麼？我坦白告訴她我們彼此相愛，但缺乏心靈的語言。珍妮讀過中國的舊詩詞，引用李商隱的名句說，你陷進沒有靈犀一點通的困境無法自拔，那不是很痛苦嗎？痛苦並不覺得，我答：空虛倒是真的。我不喜歡孩子，丈夫卻喜歡，就這一點說，我們是無法溝通的。此外，我盼望丈夫像小孩子一樣依偎著我，等待我的照顧，讓我像母親那樣抱他，哄他，餵他。這種怪異的性格，也許和職業有關，我自己也不能解釋。但，丈夫為人粗暴，不善溫柔。別的女人或許會喜歡這一型的壯男，我從來就不曾喜歡過。和珍妮的討論，至此為止，以後她甚少再問我和保爾的私生活，鼓勵我多出來看看。因此，保爾問起望遠鏡時，我就告訴他：你天天不陪伴我，珍妮現在陪我去馬場看跑馬，是為了賽馬買的。你帶這副望遠鏡去麼？當然。我冷冷地說。

　　田先生，麗莎將兩片櫻唇，湊到耳邊：你太太送來這束玫瑰，她要我告訴你，是她親自摘下來的。

　　她甚麼時候來過？

　　大約一個鐘頭前，麗莎答：他看見你好夢正酣，不想吵醒你，就先走了。她還要我告訴你，你的請求如石沉大海，毫無消息，也毫無進展。

　　噢。我失望地低下頭。

　　你有甚麼請求？為甚麼不跟我說說？難道我不能助你一臂

之力？

麗莎，我望著她，有氣無力地答：你沒法幫助我。

唔，我明白了，麗莎故作驚奇：是不是要你太太為了一宗難辦的事東奔西走？

麗莎，你雖然聰明，但只猜中四分一。餘下的四分三，我既沒提示，你當然沒法猜到了。

是不是和你青年時代的生活有關？

可以這麼說。

哦，我可能猜到。

你可能猜到？猜到甚麼？

聽你說過，你從前一位青梅竹馬，住在格杉磯，彈蕭邦莫札特很精彩，你請太太設法找她來看看你嗎？你不必難過，她會來的。

不，不是這回事。

完全和她無關？原諒我，田先生，我這麼問你太冒失了，我不應該這樣問你的。

我設法完全忘記她，我說：任何人的一生總有些甜美的回憶。早知道她不會來，像她那樣的女人，智慧冷睿，既孤傲又理智，寧願將自己的祕密一輩子埋在心底，和冰封萬里的北極差不多，地下寶藏永世不見天日。這有好，也有不好。

田先生，我不明白你的意思。

我也不明白，我說：我今年五十七歲，仍然不明白。世界這麼大，不明白的事太多了。

　　這天下課後，疲倦欲死，斜躺在沙發睡覺。出版社送來《蕭龍》的校稿。幾位同學知道她的《大城記》很暢銷，吸引不少志同道合的文學知音。學校準備放復活節假期，幾位同學和她靈感心通，早在上午跑進她辦公室對她說：老師的祕密，我們都知道了。原來老師用筆名寫了很多小說，我們讀過其中幾篇，發覺無論環境、筆調、語言習慣都很熟悉，但一下子想不出到底是誰。我們都說，這位作家充滿愛心，對野地的花草和山上的樹木，另有一番獨特的見解。帶頭的綽號小輝，很早就知道老師是小說家。消息很快傳了出去，這幾位同學保持默契，不露風聲。他們都是十五六歲的孩子，能這麼作已經很了不起了，她一直蒙在鼓裏。經常和小輝一起的姓田，大家叫他小田，不大清楚他的身世，為人沉默寡言，老成持重，他父親曾跟他說過老師會寫小說。她在記事簿這麼寫下小田的簡歷：田直書，男，十六歲，去年自溫哥華回來讀中文。頗富潛質，聰穎過人，鋒芒不露，據其自稱三歲起由母親以幼稚園課本習中文，僅留兩年即返加。直書為文，奇譎詭異，用詞遠遠超出其年歲所能。唯一解釋是：腦中先有英文詞句，然後在紙上譯成中文。她對小田一再好奇，甚至發現他在閱讀《大城記》。至於小田是怎麼轉進學校來的？她坦白地問校務主任。校務主任說：田直書充滿奇氣，能文善歌。聽說是他父親送回來讀中文，兩年後要回去。這算不算是天才的賭博？他父親下的注碼太大。校務主任莫名其妙，苦思良久，才搞清她的問題。可以說是史無前例的天才的賭博。聽說田直書的父親，幼受儒家庭訓，但長期身處異域，為了教育下一代不忘記祖國文化，不惜千山萬水，將

兒子送回來讀中文。至於你所講的賭博，是不是指田直書的英文程度，可能無法銜接這點而説？倒不必替他擔心，他將加拿大那邊的課程作業，錄音寄給兒子，每年暑假回去渡假。你怎麼知道的？她問校務主任。校長親口提過。田直書的父親和他是三十年老友，田先生又和校董分屬親戚。他不認為這樣做會折磨一顆十六歲的心靈嗎？她反問校務主任：我們對下一代應當盡心盡意愛護才對。田直書也許是天才，中英文都不錯；但，他父親太自私，傳授中國傳統思想，也不必送兒子回來啊。我所能告訴你的，只有這些。

　　她意外發現刊在《新月刊》上的一篇有關《大城記》的書評，署名田直書，觀點鮮明，不落俗套，文詞斷不像出自一個十六歲孩子的手筆，卻又充滿童稚真趣。置名田直書的用童話式詞藻，同《大城記》的童話意念，遙相呼應；很難想像一個十六歲的孩子竟然成長到四十歲。她拿出《新月刊》，左翻右揭，好像尋找甚麼，又好像挖掘甚麼。但為了維持老師的尊嚴，不想涉及小田家事，決定約小田和小輝今天來。現在坐在她面前的少年，刹那間已變成巨人，四步跨出世界，遠遠將她拋在後面。小田，你喝開水還是喝茶？謝謝老師，喝開水就行了。小田，我一直想問你，你是不是寫過一篇書評？小田懷疑地問：甚麼書評？在《新月刊》上發表的，評論我的小説《大城記》那篇，很像你寫的。小田拿過《新月刊》，翻了幾翻，搖搖頭：老師，我哪裏會寫得出這些有深度的文章？但署名是你的呀。老師，這世界，同姓同名的人很多。小田衝口而出，立刻發覺這樣回答，缺乏充足理由。普通姓名例如張美麗，陳進財之類，

的確太多，學校裏就有兩個張美麗，三個陳進財。至於田直書，並非人人習用，不同的腦袋怎能裝載相同的思想？大概是巧合吧。也許。她走過去，切下小輝送給她的生日蛋糕。明天就是她的生辰，小田和小輝站起來高唱：祝你生日快樂，祝你生日快樂，祝老師生日快樂。一曲既終，三個人圍著小圓桌吃蛋糕。你父親好嗎？她問小田。老師，他很好，但常常和媽媽爭吵，天天躲在書房裏讀書，自朝到晚讀個不完。你父親讀書？讀甚麼書？讀很多書，讀你的《大城記》。爸爸說，《大城記》很合我口胃，托朋友在這裏買了，寄去加拿大再寄過來。你父親要你唸中文？是。他指定你來這間學校？是。你父親叫甚麼名字？老師，你和他認識嗎？不。你讀過他的文章嗎？不。他藏了很多書，有一本《愛因斯坦傳》，老師，你讀過嗎？沒有。還有講 UFO 的，好大堆，你讀過嗎？沒有。還有《二十年短篇小說選》，選了你一篇傑作，你讀過嗎？讀過。她頗感意外，連忙追問：為甚麼你會問我？因為我想告訴你，小田正襟危坐，看得出老師要從他身上尋找甚麼：那本小說選集的作家，大部份都是我父親的朋友。

　　一定是出版社經理打來的了。她說了聲對不起，逕自跑進客廳拿起電話筒：有甚麼事？沒甚麼，對方繼續說：剛到手的電報，你的電報，從溫哥華來的，寄給我們轉交。溫哥華？我沒有朋友在那兒居住啊。沒有朋友？經理有點不相信：或者你的朋友去那兒旅行，就打個電報來吧。也沒有朋友最近去溫哥華旅行。趙經理，麻煩你再派人送來好不好？這不成問題，我通知成仔半小時內再到府上。很好，謝謝你。老師，有朋友

拜訪嗎？不，是出版社的趙經理搖過來的。老師又有新作出版
了？是。叫甚麼名字？《肅龍》。將來出版了，一定送給你。
不送給我父親嗎？我不認識你父親。既然他喜歡讀書，也送給
他請他指教吧。老師，他喜歡讀你的小說。

　　這個晚上她輾轉反側，久久不能入睡，電報的片言隻
語，可以像唸唐詩那樣滾瓜爛熟。羅甦病重垂危卅載思念深切
煩依址越洋小敘機票另上請火速長途電話六〇四—五二四—
九八五九覆梁貴道。早已淡忘的依然沒淡忘。三十年，三十年
啊，她一直訓練自己只管向前看。梁貴道沒有甚麼不好。早熟，
任性，有責任感，侍母至孝，樂於助人。最不幸的是，大家都
熱愛寫文章，喜歡琴棋詩畫。那時候自己還年輕，從上海來了
不久，在一個晚會上由朋友介紹認識。那時跳慢三慢四、華爾
滋、深戈，不像目前流行的勁舞。她想起了，梁貴道不喜歡跳
舞，老是抬頭，左顧右盼，整晚坐立不安。他們沒跳舞，躲在
廳角交頭接耳、談天說地更愉快也更融洽。往事如煙，現在勾
起前塵畢竟掃興。對我這麼一個女人念念不忘三十載，也真是
人間少見。要不是這通電報，誰知道你梁貴道經已定居太平洋
那邊。聽說你已經結了婚，子女也有了。還聽說太太是千金小
姐，但甘於食貧，嫁給你這個窮漢。我有甚麼值得你思念三十
載呢？三十年愛情一筆銷，我已經訓練自己能夠完全忘記了，
所以專心為人師表，埋頭苦幹。每聽多幾次老師早，心頭便多
添幾分慰藉。貴道你太太不會是天仙般的美人吧？我了解你。
對好些男人，美貌不重要，美德才最重要。既然有了太太，相
夫教子，為甚麼還思念萬里以外我這麼一個女人呢？即使現在

身前亮相，除了還認得出你就是梁貴道，我們其實已變作陌路人，大家清早趕路搭巴士，各自摩肩接踵，匆匆排隊。看看車裏爆棚盛況，百幾十人沒一個認識的，夠陌生了。貴道啊，你要思要想的，必然很多。譬如鄰居不善，怕遺害下代。因為鬼仔鬼妹，聽説十四五歲學吸煙。你那邊人權至上，父母無從干涉。學孟母三遷教子也夠你梁貴道想個通宵達旦啊，想念一個對方極可想念他的人，簡直就是傻瓜，為甚麼你不想到這點？病重垂危，卅載思念深切，煩依址越洋小敍。怎麼？難道真是人間永訣？去看你到底有甚麼意思？我們彼此已然陌生，大家匆忙趕路，從這兒趕去那兒，教書上班都一樣。總之，互不相識，各趕各的。有時在車裏唸唐詩，兒童相見不相識，笑問客從何處來。萬一真的要見你，你見了我會不會浮起笑問的印象？有時疲倦不堪，才坐下，來不及看窗外樓房倒退，早已進入夢鄉。除了頭幾年偶然也會想想你，現在呢，真的毫無印象。為了貪便宜，拿你的機票旅行更沒意思。思念一個對方極少思念他的人是不是浪費感情？也不能這麼説。至於為甚麼分手？我當時獲得結論：志同道合，不適宜用在夫妻身上。兩個熱愛寫文章的男女結成夫婦，絕不是幸福的事。貴道啊，錢鍾書和楊絳，是萬中無一的例外。很簡單，大家都趕著完成自己的論文、萬言小説，誰煮飯買菜？興味相投不錯，大家有共同嗜好，譬如集郵、栽花、旅行，等等等等，很不錯。現在回憶三十年前的陳夢，簡直多餘，反正我也快五十了。你似乎比我長四五年，該五十四五了。看電報陳詞，我深信不疑你沒騙我。為甚麼明知我不會思念你偏要思念呢？梁貴道你呀你白費了自己的

感情。《蕭龍》是我最新的長篇小說，講一個在大都市發生的愛情故事。女主角使君有婦，男主角羅敷有夫。他們祕密思慕。後來女的死了，第二年清明，細雨紛紛，男主角持傘踽踽獨步，滿懷心事，去掃情人的墓。默禱時情人丈夫抵達，問他是不是亡妻的朋友？他傷心地點點頭。沒想到對方別有用心，無限痛苦搖頭嘆息：妻子日日夜夜陪伴我，未提過有你這樣的朋友。這人本來就懷疑妻子另有心上人，萬料不到太太辭世一年，終於找出真憑實據。他和妻子也很恩愛，只是缺乏心靈溝通。男主角的妻子後來也死了，下半生沒續絃，逝世那年六十八歲。主角的姓名有個龍字，立下遺囑火葬。火化和燒毀等同。她靈機一觸，想到燒龍。但燒不及蕭那麼完美浪漫，所以決定用《蕭龍》。世事竟有這麼情深的人麼？梁貴道早結婚了，心裏想的竟是我？我這麼一個女人有甚麼值得你思念三十年呢？我從來沒思念過你。去？多餘。你應當明白我一定不會來的。

　　關於陳凝枝其他的事，我已無心追憶，只記得她說過有夜闌人靜的晚上，在望遠鏡裏看到一位相貌不怎麼漂亮的女子，抱著單身漢的頭，情深款款，一口一口吻他的臉，還用自己那雙豐滿的乳房，湊到單身漢嘴邊。那女子儀表端莊，眼睛烏溜，不時提起單身漢的手，湊到她胸膛。陳凝枝妒忌萬分，不久患了病，化驗報告證實患晚期耳膜癌。

　　麗莎，這就是你所知道的安娜的身世？

　　對。她葬禮那天，丈夫沒有參加。

　　他去了哪裏？

他們夫妻貌合神離，麗莎說：外國人老是喜歡看中一個愛一個，尤其是安娜的丈夫，恃才傲物，自以為不愁沒有女人。安娜的妹妹說，他在德國因合約所限，不能親眼看姊姊下葬。

他幹甚麼的？

德國柏林大學工科講師兼出品廠的電子工程顧問。

麗莎，原諒我，你本來叫甚麼名字？

瑞貞。年幼時，乳名瑞妹。

很好，魯小姐。你在這裏當護士多久了？

六年了。

你是專攻手術科的嗎？

對。不要多問了，梁先生，先好好休息。你太太快來了。醫生說：你身體太瘦弱，這次手術毫無把握。在正常的情況下，應當是 Fifty-fifty。你睡去那段時間，很多人來過，你那位牧師朋友也來，還有五六位我未見過。

有沒有一位行色匆匆的女人？

沒有。

你怎麼會知道沒有呢？

沒有女人單獨來過，這還不夠嗎？

早就知道她不會來的。我說：她現在是那大城市裏有數的小說名家。

她是你很久以前的女朋友？

是，她是我很久以前的女朋友。

你愛她很深嗎？

愛她很深。她自始至終沒跟我解釋分手的原因，直到今天

還是一個謎。

　　你現在還愛她？

　　很難講。我今年五十七歲，為了她，拖了很久才結婚，現在的太太比我年輕十年。

　　甚麼事都沒發生過，心境比平日寧靜得多。醫生微笑著說了不少安慰的話。妻眼眶濕潤，我只好安慰她說，一切生命主權，不由人主宰操縱。恭喜你，梁先生，醫生握住我的手：你兒子及時趕到，見過校長，可以在私人教師指導下，繼續完成第十班課程。你看，這是你兒子的成績表，那邊的，這裏的，合共兩份。中文姓名梁直書，英文 Albert T. Z. Liang。我左手握住女兒的手，右手搭住兒子肩膊，妻筆直站在那裏，氣氛凝重，類似的場合，平生未曾試過。麗莎瞞住我說今次手術成功率 Fifty-Fifty，其實是手術枱上的賭博。她說對了，醫生也沒把握。今次大手術動員三名肺胸和心臟科專家，連麻醉科醫生、手術助理、護士、助護總共十人。這十人合作已慣，是溫哥華有數的肺胸和心臟科手術專組。從前有個王子，我對阿爾貝說：你還記得那故事嗎？他對著河面自己的影子愈看愈出神，結果給影子吞掉了。你讀書的成績很好，我讀你用中文寫給我的信也替你高興。我是自私的，但你要記住，書本知識要活學活用，千萬不要給書本迷住才好。利伯加，我的女兒，你看我吧。我緊緊握住女兒的手說：你很任性，又不聽母親的話。不必瞞我，我甚麼都知道了。今後再不要這樣啊。

　　預期的時刻終於降臨。遵照麗莎吩咐，躺在手術牀上，閉

目養神。白茫茫的天花板，了無生氣。春日不再，輕風無力。片片交疊的白雲，連綿遠去，逐漸離開紗窗半掩的這一隅。面對廿載恩情，任勞任怨，自是欲語還休。當妻的眼角滴下珠珠晶淚，痛楚的另一面，有如巨鉛鐵瓦，沉痛擊落盈坑遍野枯枝殘葉，任風吹雨打。二十年朝朝暮暮，恍若二十下此起彼應的音符，響徹耳畔。最後曲終謝幕，鏗鏘無繼，僅餘的微笑也黯然神傷。世間事，幾見永恆？同樣的，柳暗未必花明，長此暗下去，未見晨曦初露，已然置身世外。說得貼切點，此刻半麻木的感覺，不正是如斯這樣麼？哭的應當是自己，替包在臭皮囊下半堆殘骨未雨綢繆的，應當是自己。啜泣遲別未到，何妨多看兩眼窗外的花花草草？話雖這麼說，仍欠缺那份置之死地而後生的壯士豪情，反而感到妻那水晶珠淚，美得反連連串起的詩箋，一顆一顆排列這無色無彩的空際。手術牀次第移動，護士手提鹽水瓶，在妻身旁停下。她握住我左手的右手始終未曾稍懈。闔上眼，但覺靈光閃耀，整個人熱烘烘。遠處河山一線，輝煌四射，虹橋畫引，曲曲拱向彼岸，安穩平靜，妻的手就這麼帶我進入蓬萊。

曾刊於《香港文學》第十五期，一九八六年三月五日

奇遇

　　父親居住的華宮安老院急電通知帶四位老人家看世博，希望我能陪家父同往。前幾天去探候他，腦筋比上星期靈活多了。老父日中閒著無事，胡思亂想是他的功課。一回看見我和孩子，就歡天喜地說母親從美國返來了，要我們馬上致電緬街的富瑤酒家，訂兩桌大菜慶祝。先母一九七七年逝世，說他們伉儷情篤未嘗不可。八〇年開始，父親對這事已逐漸淡忘，跟著向我們訴苦渾身長滿毛髮，天天坐在椅上不吃不喝，一天比一天消瘦。醫生上午來過，下午打電話說要「長期照料」，即是洋人所說的 Long Term Care。

　　父親其實精神飽滿，臉色紅潤，親友背後卻暗示他「老懵」了。華宮一住四年，政府按月寄到的養老金、退休金，大部份送去華宮，餘下來的替他存進銀行。老父鄭重宣佈母親從美國回家，孩子轉過臉咭咭笑。「她也打電話給我」，我扶起他穿外衣，囑咐子女先到外面走走，繼續說：「是不是下星期才回家？」「不大清楚。」父親說：「總之，她要返家做壽。」「誰告訴你的？」「是她打電話來的。」「那一定是母親先通知我再告訴你了。」

　　醫生也聽到我母親返家做壽的怪事，安慰說沒關係，「明天給他吃兩粒鎮定丸會沒事的。」華宮負責人於是趁機囑我陪

他去世博開心散悶。老父坐在輪椅，烈日當空，汗點涔涔下，左右掠過的遊客忽然羨慕，我總覺得奇怪他們在看甚麼呢？日本館的人龍太長了，與其參觀肯雅，不如看看日本吧。父親點頭同意，正準備奉公守法排隊，一名警衛跑過來恭敬地問：「這位是你父親嗎？」「對。他行動不便，所以坐輪椅來東看西走。」「我們這裏規定老人家是不必排隊的，你可以進去。」

警衛忽然流淚：「我父親早不在人間了。你的舉止很令我感動。」突發的言詞簡直令我莫名其妙，也不知道還有多少機會推輪椅陪父觀來。終於從澳洲館跑到街頭，西雅圖的十老團派人來說，發現我推一位老人家進場，他在中國住了很久，因此從神態和外貌判斷一定是父子，請我陪父親出席他們在中國餐館舉行的午餐。來人還用普通話說：「四海之內皆兄弟也，你們的先賢早已說過了。」這頓午餐吃得很痛快。生命裏難免會遇到大惑不解的事。他們說：「你是新一代的模範」，聽了非常慚愧。母親決不會回來的，誰了解我哭是為了自己還是為了父親？

曾刊於《香港文學》第二十二期，一九八六年十月五日

拙趣

　　一覺醒來，雨聲催我早起。最近連夜埋頭閱讀三千里外郊居農舍的加利・格狄斯寄來的長敘事詩《香港》。格狄斯，當代加拿大文壇上騁馳縱橫的名詩人，簞食瓢飲，客住的村落連地圖也找不到。孔子讚顏回：在陋巷，人不堪其擾，回也不改其樂，賢哉回也。格狄斯安貧守儉，淡樸自持，未必與顏回相伯仲，半生賣文所得卻花在「極限本」，今天才學一句賢哉，該怎樣英譯才行？太陽的背面，當然繁星拱照，閃透五十億光年的無窮空間，誰又注意過微小的水星繞到太陽那邊回來了，帶著一身蒸汽？我說早起，其實是百鳥逐雨的時刻，煙濛如霧的晨景傳來遠處火車聲聲淒鳴。書房在樓下，自號楓葉書齋，長期等候知音送贈墨寶藉增光彩。也委實等得不耐煩了，自己弄橫條即使硯墨俱備，弄來弄去總覺得不像樣。上星期重讀《半農雜文二集》，第一篇〈遇仙別紀〉，作者引乾隆三十五年古刻增訂本，《一夕話》一篇〈遇仙別紀八則〉，編者叫咄咄夫，增訂者居然名嘻嘻子。笑坐抬頭一看，懸掛想像中的楓葉書齋那兩尺白壁，立刻變了形，比卡夫卡所寫的快幾倍。《變形記》首句「當格里哥・沈薩一天晨早自虛無縹渺的夢界一覺醒來，發現自己變了一條寄生蟲，躺在牀上。」太奇異了，此所以文章開頭，但寫一覺醒來。夢境同樣似真似假，半假半真。那不

是電影裏的外星人嗎？外星人串連咄咄夫，後面不是跟著一群嗤嗤子嗎？細讀女兒留下的字條：爸爸：我開門想進來看見你還未醒來，不打算騷擾你了。你的枱上放著那本厚厚的 Joan Miro，使我立刻記起電影裏的 ET，又記起你説過那個 ET 是 Miro 創造的。

「只要我們的心永遠年青，永遠保持快樂，我們是會天天看到 ET 從太空船的大門跑出來的。我昨晚看見 ET，他和這個戴安娜多麼相似啊。媽媽説 ET 重映了，你忘記今天是我的生日，她早上帶我去麥當奴，正午十二時看 ET。你來不來？蕙心。」對，米羅那幅「以弗蘇的戴安娜」，比外星人更外星人。這老頭活了九十年，腦裏積蓄大堆幻想。二十年前，偶與同輩論畫，慨嘆中國現代畫家講拙趣的數不出幾個，能夠和米羅並列更難求。我説：米羅不但拙趣雙全，宛如清風明月，更是一流的科學幻想畫家，遠在一九二四年，已經繪畫太空船探險月球了。一九三二年，他畫月球半明半暗，太空人準備升空。他畫裏幾畫米字符號，旋轉的島宇宙，套色的星雲，外星人的造型等，是純太空畫，黑黑的彎月更是河外星系的飛船。他聽了，狀甚驚訝：怎麼你會想到這些？直觀而已，我説：你憑拙覓趣，我則浮沉拙趣之外，所以看到外星人。米羅的畫固然勝在拙趣，但建基於夢。夢之為夢，很難邏輯解釋。夢的世界光怪陸離，扭曲的乳房，長河朝天流去千萬里。夢完結了，未見南柯，卻已經歷了三千萬億剎那，是超現實的。看米羅的畫，必須眼注腦動，這樣雙管齊下，一定看到身邊的守護神，煉成仙精的女媧，淫人的鵝。一九六四年，米羅畫了一幅「朋友的信息」，

筆下水深如墨，配搭綠色天際。太陽出來了，右下角紅黃紫綠，彷彿迎春的訊號。當中一尾巨鯨，我看是跳躍的魚。要說明米羅給朋友的信息，蘇軾的七絕〈惠崇春江晚景〉自是貼切不過：

竹外桃花三兩枝　　春江水暖鴨先知
蔞蒿滿地蘆芽短　　正是河豚欲上時

　　惠崇是宋朝著名的和尚畫家，擅畫鵝鴨一類小景物。他畫一幅「春江晚景」，蘇軾看了題詩畫上。外國畫家也有畫面自題小詩的，但鮮有一代詩聖題詩名家手蹟。惠崇若生於今日，也許抽象工筆拱托春江意境，更可能小豚不若巨鯨。桃花竹外，還要看看戰艦開航的方向。

　　我們的世界，仍給核競賽潛意識深埋。因此，我期望一天咄咄夫，驀然登臨書齋。這深藏不露的怪漢，既不是嘻嘻子，也不是倒在河邊待斃的 ET。他是飲盡煩惱的智者，趁燈漏微絲的夏夜，千籟沉寂，萬草量去，輕敲丁方兩尺小窗門，低喚拙拙名字。圓圓的飛碟停在面前了。他戴上近視眼鏡，三條天線指向黑漆的天河，哈雷正飄然遠退。該起程了，咄咄夫閉口無言。他明知我等著跟誰道別，仍流露半臉愁容。三千萬億剎那，莫非米羅的夢？一屋天地，盡在咄咄夫眼裏。

曾刊於《星島晚報‧大會堂》，一九八六年九月十日

市書

　　乘天車抵達卑詩體育館後和他分手，才想起沒請教高姓大名。他個子高高，長一叢時興的濃鬚，手拿法國女作家杜拉去年在美國出版的英譯《情人》。那天忽忙離家，隨身帶了內容豐富、多刊新秀佳作的《事件》。這本雜誌年出二冊，今年第一期早上收到。車抵艾德蒙治他首先跑進來，張眼橫掃，從容坐在身旁，翻開《情人》第一頁：一天，我已經老了，公共場所的入口那兒，一名男子朝我這邊跑過來。他自我介紹，又說：我認識你許多年了。人人都說你年輕時是漂亮的，但我願意告訴你，我認為現在的你比那時的你漂亮得多。你那張少婦的臉孔也許不錯，但我更喜歡你此刻的臉容。真是歷盡滄桑啊！

　　他老是揭看第一頁，讀一會再倒置《情人》，看封底杜拉年輕時拍攝的照片，戴帽的青年一定是她以前的情人了，又不時偷看我手裏的《事件》。九月涼風從打開的窗門跳進來，壓著他的鬍子飄起神祕的節奏。上班時間剛剛過去，所以乘空疏落，車廂只有五人。我麼？翻開《事件》第六十頁，一名新進女詩人寫「修理先生」：全家都深信/ 你可以修理好/ 幾乎任何事物。

　　他說話的神情很怪，喜歡先抹抹鬍子，跟著抓抓頭頂。你也讀這類書？他伸手歡迎，好像大人物接見外賓：我這本更加

了不起。其實讀書因人而異，興趣廣泛的自然涉獵較多，奇冊怪籍拼命吸收，臨死帶不走，讀過的都一一忘記，怎能說他的《情人》比我的《事件》更加了不起？性質不盡相同，怎能說馬哥勃羅的遊記比喬叟的故事更了不起？朋友你真有眼光，我說：這本《情人》嗎？封面正是作者一九三二年的玉照，楚楚可人的是吧！你怎麼知道？你一定讀過了？

我於是告訴他上星期買了一本，正讀到第十三頁。他卻表示他這本是昨天才買的，夜裏睡不著，一口氣讀到凌晨三點，醒來天已大亮。學校放暑假，閒著無事，天天跑舊書店。片打西街和李察斯街相連銜接那段，幾家舊書店賣雜書出了名，朋友你可知道嗎？聽人家說過，可惜工作忙碌，沒法抽空逛逛。我專揀便宜貨，《國家地理》月刊每本賣五角，一九七八年的舊版，通通買下了，很合我胃口。你知啦，教學生少點墨汁也不行。他們喜歡挑剔，問長究短。講溫哥華船長探險生涯，決不能少了參考書籍。

那幾家舊書店我後來跑了幾次，陳書林立，雜味濃郁。沒有固定招牌，卻謙稱書市書店書商書庫。偌大的書庫，木架典雅齊整，陳貨堆積如山，幾家都少見精品。鋪內暗沉似夜，早晚不分。英文書閱讀較少，近年急起直追。大體上卻依然故我，對中文圖書始終如飢似渴，如見故人。英著英譯買了回家，總是束諸書架三週兩月，記起了才拿來細讀。曾暗自盤算，北美中文書價行情一天比一天上漲，雜書往往求過於供：萬一兩腿直伸，留下的舊貨正可以換回一二千現鈔。功利和價值觀念左右社會環境，誰說不恰當？讀書人恥食人間煙火，也許還有；

可惜高調唱完，沒人再提起勁聆聽。我家長輩遺下來的線裝書，多用木箱盛載，史記漢書連甚麼明清詩選之類，天天搬來搬去樂此不疲。箱面明漆光滑，刻了幾個大字，四歲開始坐在舅父膝上讀過這些現在全無印象的古書。長大以後才發現那批確是古物，可惜戰亂中全燒毀了。

因此聽店主說手上這本安德烈‧紀德自傳《如果麥子死了》，一九三五年初版本，索價六十元一點也不驚奇。店主約六十開外，體胖眼又圓，但覺滿身俗氣，市儈當書商偏充內行。碰上這樣的俗人最好沉默反抗。他搶過《如果麥子死了》，匆匆放回書架，轉頭繼續說：那邊賣二角一本袋裝版，你要就跑過去選擇吧。對不起。這人看錢有若比地球還大的木星，立刻逃出樊籠，街上的空氣清新多了。我珍藏的《如果麥子死了》，是已故唐文標——他周圍的好朋友戲言唐山大兄——贈品。當年他留學美國，專研究數學，不知何故竟和他通訊，大談盛澄華的《紀德研究》。他回信別無意見，竟寄來這本紀德自傳，收書日期一九五九年四月四日。扉頁蓋他一枚印章「今夜彩雲買夢去」，次頁寫下元李之純語錄「寧為時所棄，毋為時所囚」，書頁一行英文 Manbuild 和他尊號文標音節相符。據我粗略猜想，那時他既迷戀紀德著作，視富貴浮雲，意在勸我駕彩雲買夢，不應為紀德名著綁牢。後來斷了音訊，去年讀到他患癌辭世的消息，心頭湧起一陣莫名痛苦，才相信他果然買夢去了。

舊書市顧客不多，高架居然撐得起，也令我十分欽佩。話題一打開，大鬍子老實不客氣說，今兒趕去搜書。甚麼書？他

講了兩遍，只因近日耳鳴轟轟，加上車行雷音，老是聽不進，索性抄下書名 *Jou Pu Tuan* by Li Yu。啊？這本奇書，一位德國漢學家譯的英文本譯筆很馬虎。你去書肆市書，就是買這本嗎？他點點頭，猛地記起我說譯筆很馬虎，問我何以見得？我說，中文原著和英譯本先後讀過，書裏那個未央生，漢學家譯成英文，變了「午夜前的學者」，我們中國人是讀不懂的。還有，「風流」這個中文字，倒可解作英文的浪漫，那位德國人怎樣譯呢？他搖搖頭：這個卻不清楚了。讓我告訴你吧，他譯作「風與潮」，和原意相差極大。哈哈，他抬頭大笑：那位「午夜前的學者」這段浪漫史，不管你怎麼說，很吸引我開卷閱讀。好，我們就此暫別，今天高價搜求，趕去拿書，再見吧朋友，祝你好運。他帶步輕快，姿態瀟灑，遺憾的是忘記問他姓名。

曾刊於《星島晚報·大會堂》，一九八六年十月二十三日

看女

　　看女的確是天下男人最佳享受。舉世滔滔，見了女人奪目吸引，焉有不七情上面多看兩眼？說到燕瘦環肥，反而各有所好；既無特定標準，亦無裁定非法。眼目所及，頂多色迷心竅，形跡展露，不知瞬間何世。台灣總統早選出來了，還以為女媧搏黃土造凡生，煉大石補青天。

　　且從女媧說起，這名中國古代神話中絕不秀美的原祖，實則人首蛇身，每日七十變。我對習慣看女自娛的陳積臣說：女媧本人大抵不會貌似西施，她一天七十變，那七十變才引人入勝哩。天曉得她變些甚麼，時而出浴解衣，時而綠水裸泳，時而短褲慢跑；難怪你老哥跟在後面愈跑愈起勁，原來也是延年益壽妙計。

　　陳積臣家住卑詩內陸小鎮威廉斯湖，經營雜碎謀生。一住廿載，手上略有積蓄，可餐館顧客多屬土著勞工，自言鎮上異性奇缺。按月兩次驅車三百四十里來訪，廿載更續無間，辦貨其次看女為實。積臣從前執業教師，機場登陸兩週，馬不停蹄轉投埠仔發財去了，每次見面不離「墨超」（墨鏡）架眼。冬季冰寒萬里，不來得那麼勤，等到早春三月，才改變運作時間。我暗地問積臣：女人你百看不厭，嚴冬雪蓋屋頂，每天下午三時收鋪以後時間怎樣過？

積臣哈哈一笑，顧左右避而不談，也不知他怎麼過。這人狡兔三窟，另托朋友按時寄去錄影帶。管他閨房同觀、老幼咸宜或閉門獨看。世間電影從來男女合演的多，同觀獨看也不見得推而識別三級四級。一夜伏案展卷，積臣突然馳電通知，他太太身懷六甲，朋友介紹新移民接手生意。這麼快退休？你老哥九成是上岸了，哪一天搬家？

第一次帶他去英倫灣看女，時維盛夏，灘頭泳客似鯽。四名穿一蟬如帶、袒背露臀的泳衣女郎競拍排球，老在眼前晃來跳去，蹤上躍下。你還是戴上這副「墨超」好，陳積臣左肩胛輕碰道：你我並非柳下惠，墨鏡片後面轉溜溜的眼睛人家看不見。積臣那天正襟危坐，墨鏡片後面溜溜轉的眼睛果然看不見。這片英倫灣，當是樂土桃源，女人盡皆尤物，怎麼不聽你提起？積臣認真地說，煩你替我物色房產經紀，決定搬過來。至於他送給我的「墨超」，卻是袋而不用。看女配合墨鏡，畢竟棋差一著，我說，精明的高手，往往視而不見。古語樂而不淫，正是這個道理。積臣聽了很不服氣。

陳積臣早年生活坎坷，戰時避難貴州荒山野嶺，父慘死日軍槍下，母飽受日兵輪姦自殺，兄妹自此相依為命。戰後復員逃回香港，及長，出雙入對宛若夫妻。多次積勞病倒，妹不辭勞苦侍藥延醫。積臣坦言復員回港初期，兄妹陋室同宿同浴，廿五歲時發覺不對，妹子反怪責他，看女樂趣也是從他看了妹妹胴體才開始的。

這不稀奇，我說，異性相吸，是大自然造化妙蘊；你妹子身體和你大相逕庭，是以吸引了你。中國古代神話說伏羲女媧

一兄一妹，宇宙初開住崑崙山，除伏羲女媧，天下未有人居。兄妹議為夫妻，又自羞恥。伏羲於是跑上山巔看炊煙念咒：天若許我兄妹二人結為夫婦，而煙悉合，若不則使煙散。煙應咒盡合，顯然是天意撮緣。妹即就兄，遂結草為扇。往昔中國婦人當執扇，據專攻中國古代神話、卓然成家的學者袁珂引唐李冗撰《獨異志》說，「今時人取婦執扇，象其事也。」，分別不過神話與現實而已。

積臣發奮向學，結緣臣嫂甚遲，當了教師馬上成婚。他妹妹反應如何？積臣說她一怒遠走英國，每年只在聖誕通電問候一次。兄台今年六十，你妹子也該五張有幾了？這個休問，當年 X 先生因女闖禍，轟動海內外，肯定這位 X 先生也是看女專家。積臣太太分娩那天，我們都說陳家香燈單傳，他除了嗜看異性，別無癖好。天公一定造美，前三個屬女，今回自應運轉乾坤。臣嫂比夫君年輕廿餘歲，也焦急萬分，要替積臣爭氣，最後一胎生男。我們苦勸無效，貌似壯年的陳積臣，年登六十四任父親。

天喪予天喪予！積臣學著古人，苦起口臉說道：又是女流，天喪予天喪予！臣嫂同樣心灰意冷，決定為前三個再從詳打算。你與女有緣，畢竟天命難違。怎麼不好好想想，拖到七十四歲女才足十歲。悠悠歲月，到你八十她才上大學，誰敢保證你準能過七望八？積臣注定一家五口陰盛陽衰，三代單傳的。積臣抹抹「墨超」，然後重複架上。快要秋去冬來，看女興致不減絲毫，轉過頭繼續說道：先父拖著我逃難，娘拖著妹子跟隨不捨。父親整天撫摸我的禿頭叮囑：爭氣呀爭氣呀。當

時莫知所指，也莫名其妙。直等到三女兒出生了才恍然大悟。唉！天喪予！天喪予！

積臣新居傍倚史丹利，面對太平洋。遠看灣畔波濤洶湧，近嗅風送花香。學得一手懷素體優秀草書的肥張，正磨硯揮筆，瞬間一寫而成長方三尺宣紙「女子國」，題款「戲贈陳積臣新居裝修落成一妻四女自成一國日中看女自得其樂是為女子國」。肥張題款「女子國」，語帶自嘲解釋道：《山海經》中《海經》卷二〈海外西經〉記載：女子國，兩女子居。這個女子國純女無男。無男何以後繼？肥張若有所思應道：註釋這麼講，婦人入浴黃池，浴畢出水即懷妊。那真是天外異世了，非與男媾而與水交即孕，世界之大，真無奇不有。這怎麼說呢？我反駁說戲贈猶可，要不可大吉利是了。積臣哥嫂兩口子夫妻恩愛，六十歲老當益壯，四胎生四女反給你見笑戲贈，肥張你是問心有愧啊。

我倒要移樽就教，該怎麼戲贈才對？索性燈籠一般寫下兩個大字：看女。你說好不好？沒料到大半天坐著，靜觀我們吹牛的周亨利，忽然站起來大聲叫道：看女！這和積臣內外個性結合相符，引喻不算天衣無縫，也配別出心裁吧？亨利一語即畢，自是哄堂大笑，笑得人人心照不宣。妙極妙極，肥張隨即叫嚷：等我再喝兩盃，半醉下筆才夠淋漓痛快。肥張連盡兩盃，雙手擎筆朝天揮舞，不時暴聲喝道：積臣啊看女！

寫於一九八〇年代

收入《一指禪》（香港：華漢文化事業公司，一九九九）

嫁女

　　老趙千金和周家獨子，拖了兩年終於擇日成婚，趁那天同老趙一家午茗小敘，率先向他們恭喜。老趙上週歡慶六八壽辰，去年做過腸癌手術。幸而及早發現，小粒還未變癌，外埠家人朝夕焚香拜佛，他老夫妻卻懇請教友祈禱。蒼天聞聲，老趙內心自是一片安寧。牧師天天跑去醫院探病，告訴他禱告你在暗中的父，你父在暗中察看，必然報答你。當天晚上，趙妻暗中禱告，醫生特來通知，腸口小粒割掉，初步證實未見癌變。趙妻秀芳急不及待致電：好了好了，今後睡覺也無憂了。語焉不詳，說話吞吞吐吐，未講完已猜中一半。今後睡覺也安枕無憂了。秀芳繼續說：他抱頭大睡。我們聽了也替他們高興，老趙一眾友朋，當然奔走相告。

　　醫者父母心，本是醫生常情。主診醫生防患未然，規定老趙每月一次回診所覆診，期限三月，觀察舊患有無變化。時維仲夏，他千金自紐芬蘭醫院習醫受訓完畢西返，秀芳忽然緊張起來，老趙莫名其妙，她反而嘻哈笑道誰擔心你有事沒事？這麼一驚，倒盼望你及早完婚。秀芳轉身對女兒說：西蒙既有安定職業，新居也早購置，何不趁你父親渡了難關沖喜？幾天以後，蓮黛在電話裏說，她老父平安大吉，只消半年身檢一次夠了。

　　她後來是否順母意結締秦晉？身為他家熟客，自然不必多問。兩年倉卒飛逝，婚事本應由她裁決，大概秀芳也從中遊說，老趙才主動建議女兒：你媽和我教書大半生，不客氣的說算老蚌生珠。她長我只兩歲，不好好想想女大當婚？成家立室？俗說早生貴子，不擔心過了生育年齡，周家香火不傳麼？蓮黛沒講一句，倏忽盛夏又至，接到設計新穎的燙金請帖，才確定了老趙千金出嫁，無不喜出望外。

　　蓮黛小姐，我看得出來你是孝順女兒。人之患在好為人師，你父親不聽勸告，當了人之患，沒料到竟調教出一個孝女來。世伯為甚麼這樣講呢？蓮黛談話之間，改用中文回答道：你和伯母賞臉，代勞多照顧家父母，已經感恩不盡了。沒你們細心指點，家父又能調教出甚麼來呢？果真是小家碧玉呵，詩禮傳家，講起話來文縐縐，哪裏像初入行的見習醫生？今後世人都像你爹了，有女不生男才對。

　　蓮黛說我平日不拘世節，不苟言笑，又與人和睦共處，看著她長大。婚禮那晚餘興，須打破俗例，讓我這名為老不尊，教壞子孫的所謂長輩一鳴驚人；壓倒煽風點火、推波助瀾的西蒙那批戰穿石。既然順從母意沖喜，蓮黛拉著西蒙右手笑道：西蒙，不如衝到盡頭，滿堂喜氣洋溢，連你設計蓋建的那幢辦公大廈也要沖塌，你說怎麼樣？西蒙蓮黛一唱一和，硬要我乘人之美，宴會上餘興搞笑，連喜沖天。都老了，這身子僅堪支撐兩分鐘，讓戰穿石他們沖上去吧。老了，無能為力了。世伯何必推搪？一笑而沖天下，不是很好麼？不管答應不答應，總之，派定了你和伯母朗誦情詩。周西蒙趁機搶道：情詩？世伯

當年教我東邊日出西邊雨，道是無情卻有情那些？當然，蓮黛點頭笑道：你少擔心，世伯不會在那樣的熱鬧場合，朗誦莎氏比亞情詩的。他寫情詩給伯母那段日子，你和我還未出生哩！老趙居室毗鄰機場，一聲噪音飄進耳朵，但見人人相顧而笑。

　　周家獨子婚禮得體大方，隆重但不鋪張，見氣派而不現豪華。泛太平洋水晶宮全廳，筵開四十，這類場面在我尚屬首次。先來社交酒會，然後依次入座。聽説貴賓多屬老趙新知舊雨，十九早已退下教席，蓮黛西蒙大學同窗自也不少。老趙昨晚説：蓮黛説你中英語並用，因為嘉賓中土生的佔了大半，他們不懂中文。全部英語對白也不好，兩家的鄉親父老聽不懂。拜託你了。

　　接二連三敲碟碰杯，華音不絕；一堂興高采烈，無以復加。司儀於是用英文宣佈，今晚非常高興，請了一對年近七十老夫婦朗誦情詩。他們一生相愛，相扶相依，更是互傾愛意，互贈情詩的浪漫夫妻。蒙這名濃情蜜意的鶯哥答應，傳授談情説愛心得，座上各位的確耳福不淺。請鶯哥馬上登台朗誦，鶯娣再用英語傳譯，大家一同鼓掌歡迎，可要留心聆聽了。

　　未等司儀説罷，掌聲已然雷動。我何必作態，趁掌聲未歇，喝采未盡，拿過米高峰先講幾句，古今中外歷世皆有情詩，不是加拿大專有的。亞當吃了禁果，茅塞頓開，看見上帝給他造的夏娃那麼好身材，情由心生，情詩大抵自此時起，已寫進亞當心裏了。座上一定來了不少文人雅士、教授學者。司儀説，我和內子互贈情詩，這位少弟不是先知，就是天賦特異功能。我們素昧平生，他怎知我和內子，幾十年前互贈情詩？對不對？

　　四下拍掌附和，掌聲笑聲如潮湧，此起彼落。有催促快快朗誦的，咆吼如壯獅。也有笑著站立高呼鶯哥藝人（Uncle Artist）的，女音鏗鏘尖叫。旁人應而和之，節拍似曲似樂。西蒙蓮黛紅袍大袖正襟危坐，幾百隻眼睛只看著這對頂霜夫婦，太喧賓奪主了。浪暈之餘，幾忘了老妻耳畔傳音：老朽，朗誦開始。我乾咳兩秒，故神其技介紹：受時間限制，不願叨擾來賓三尺垂涎，今晚只朗誦三首公元前八百多年創作的、中國古代情詩片段，萬勿見怪。第一篇是《詩經》首篇〈關雎〉，最初簡稱《詩》，傳說孔子刪修，留下三百餘篇，經孔門大力推動，詩集也成了經，才有如今所知的《詩經》。

　　　　關關雎鳩　　在河之洲
　　　　窈窕淑女　　君子好逑

　　那晚朗誦，敢言字字引吭，句句氣運丹田，咬音既清且脆。關關抑揚頓挫，之洲層次有序。昔時一位老師說過，古人誦詩習慣搖頭擺腦，是以葫蘆依樣，順勢頭搖腦擺。好逑一畢，輪到內子先譯白話然後英譯。她沒搖頭擺腦，未臻夫唱婦隨峰巔，但也令四座如痴如醉，活像雎鳩早飛到水晶宮來：關關叫著大水鷹／河裏小州來停留／苗條賢淑的姑娘呵／正是人家好配偶。

　　　　參差荇菜　　左右流之
　　　　窈窕淑女　　寤寐求之

　　老伴笑得雙頰泛紅，七旬老婦突地狀似四十，可見愛情魅力，不可以常理測：水裏雜菜像飄帶／左邊搖來右邊擺／苗條賢淑的姑娘呵／睡裏夢裏叫人愛。

　　到朗誦第二首，老伴仍自大笑。卻看妻子笑何在，萬卷詩書喜若狂，欲罷不能，杜甫跑過來大叫繼續繼續。眼前虛無渾沌，客人躲到哪兒去了？這一首，題為〈女曰雞鳴〉：

　　　女曰雞鳴　士曰昧旦
　　　子興視夜　明星有爛

　　老妻英譯如有神助，正是妙到巔毫。我也暗自吃驚，和我紙片提示雖略有出入，經她音流鶯轉，尤覺獨步傳韻：姑娘説雞叫了／俊郎説天沒亮／你不信？起牀看；／啟明星，明煌煌。

　　　宜言飲酒　與子偕老
　　　琴瑟在御　莫不靜好

　　（喝個醉，吃個飽，咱們最好白頭老；又有琴，又有瑟。融融洽洽聲音好。）

　　回到家裏，我帶著整夜掌聲歡聲跌進夢鄉，不知人間何世。一客攜迷你電子琴同宴，特地湊興，配譜教眾人酬唱。首篇自關關始至好逑終，居然誦唱難分，配搭天衣無縫。他後來即興寫下簡譜，逕自遞到枕前：3353／1153／2212／3215。我於線譜簡譜一無所識，知客卻「請世伯指正」。

　　翌日乍醒，不覺已過三竿。妻通知老趙來過電話，說昨晚情詩朗誦，數百知音擊節讚賞。他一位舊同事，今年聖誕前夕嫁女，朗誦情詩別開生面，天賜良緣一夫婦，源自上帝傑作，力邀我們席上賞光朗誦。和老趙那朋友不熟不識，怎好意思前往？老趙說一次生兩次熟，蓮黛則怪你樂得連第三首朗誦也忘記了。你看怎樣？妻拿過外套，準備跟孫女艾蘭外出健身：我替你答應了。

　　到了日落黃昏，再接陌生電話：我是姓馬的不速之客，騷擾了，多多海涵。我女兒下月出閣，我們一家和趙先生一家，幾十年老友了。你們昨晚情詩朗誦真了不起，沒絲毫搞笑成分。我女兒說請你老人家賞面，下個月杏嫁婚禮薄筵上，請你兩老朗誦情詩，趙先生告訴我你一定答應的。你是陳先生？不是說過聖誕前夕嫁女的麼？不，對方輕鬆應道：那位陳先生我不認識，小姓馬，你們的請帖，小女明天親自送上。

　　宜言飲酒，與子偕老；琴瑟在御，莫不靜好。你今兒才認真而嚴肅朗誦哩，妻笑著道。之子於歸，言秣其駒。漢之廣矣，不可泳思。江之永矣，不可方思。三十五年前，何以未見你朗誦聽聽？宜言飲酒，與子偕老，情趣不淺呵，宜言飲酒。我沒再聽下去，妻卻嘻哈笑道：不淺呵，宜言飲酒，與子偕老。

寫於一九八〇年代

收入《一指禪》（香港：華漢文化事業公司，一九九九）

晴晚花甲

　　人到六十，噪音繚繞的耳根總該清靜了，卻願與實違；採菊東籬下，悠然見南山始終是可畫而不可即的遠景。我長居的這片天涯一角舊居，坐南向北，秋菊每年黃楓落盡，正是吐豔佳期，獨惜未沾東籬。籬成了木柵，高四呎許，夏天新修新補，單單又擦又髹花了整月，她仍意猶未滿。不必靈犀，也瞭然胸際了。這麼車立險地的處境，耳根何來清靜？

　　無法清靜也應當思索的，太多問題彷彿海潮泛濫，結果清是清了，腦筋一直沒靜下來。胡適四十而有自述，歷史給他定了位，許為五四文學大師，甚至獨領風騷的白話詩宗匠。像他這樣大有斬獲竟未登八秩而撒手歸去，亦足以自豪了。年紀愈長，愈覺得對世情世事一無所求。渾身本已平凡，豈敢像大人物那樣驚天地、泣鬼神？連六四九博彩也懶得購買，難怪她老是抱怨嫁了一個沒出息的傢伙。如今寒暑更替，不嫁也嫁了快三十年。只有當她回憶些甚麼甜漿蜜乳的瞬間，才看見那蒙娜麗莎的半絲嘻笑懸掛嘴邊。六十載時光，甜酸苦辣嘗遍，婚後歲月並不好過。她也常常自嘲，這輩子是注定嫁給我的。死生有命，富貴在天。你還記得大哉孔子的名句？她點頭繼續說：對，富貴在天。

　　下一句，你能繼續下去麼？她搖搖頭，紅濕的雙眼望著窗

外三株殘柳枯枝。記不起了，年輕時讀過，但沒記下來。好像你說過的，注定嫁給你這個窮措大可能不幸；但，絕對不是悲劇，我佩服了你。下一句怎麼唸，你且續下去。聽著，我這回門牙脫了兩枚的獅口一張，聲音比剛才大得多，像莫斯科出征前的拿破崙：君子敬而無失，與人恭而有禮，四海之內，皆兄弟也，君子何患乎無兄弟也？

但我畢竟瞞著她濡濕的雙眼看我那一剎那突來的傷感，裝成若無其事。人的感覺互相殊異，夫妻之道，吵也好樂也好，盡在不言中，她自然明白我追求的人生目標始自六十。置生死於度外，倒是壯士情懷。氣質未符，不應自尋苦惱。死生的確有命，接下去在天的「天」，不一定暗指基督教的上帝。晴空萬里，浩浩乎自然，自然更可以是天。萬物順應宇宙奧理，你我下生塵世，活到氣息將盡，大限駕到自然輕敲門扉，我們不懂得回應也無從回應。該上路了，大限看看腕錶。請問下一程往何處去？何必多問，那位駕駛名牌自然絕世驕車名叫大限的司機，冷眼凝視頭也不回。

儘管歷代聖賢大抵為我們推理過無數來世歸宿，依舊問號連串，忖測自屬多餘。有生必有死，更是老生常談。有生而沒有死，不合人生規律。億萬人永生不死，糧食終有殆盡一天，超載的地球終會沉進渺茫的太空。活到千歲而兩目已瞽，二足已廢，雙手已掉，日中唯靠輸液養世，那是慘劇，決不是幸福，我絕不作如是想。

所以人到六十，難免思前想後，設身處地推敲；面對的可難可易，或許雖難卻易，更或許不易不難。那晚看過電視，她

認真地問起我年屆六十的感覺。沒甚麼好交流的，反正我堅信孔子那句。五十而知天命，到五十歲才領悟了，六十而耳順則是準備了的。人際本複雜，是非曲直誰管得了。七十而從心所欲，不踰矩，仍屬未知啊。她笑著回答道：你面色紅潤，善養氣又諳養生，料你闖七十大關是輕而易舉囉。你那位未拜門的老師……。誰？教你寫七言古詩那位謝甚麼的。謝扶雅？對，謝扶雅，他不是說你準過七十無疑？唉世事難料，他百歲榮登天國。故且至此為止，你多愁善感，想了整晚睡不著覺，只會明天怪我。我們談興正濃，沒料到電話鈴聲突然大作。

翌晚老友燕城邀膳，欣然輕衣赴約。他藏書甚豐，珍本為數不俗。我們且談且揭，且翻且覽俄頃，他無奈地講了一句：這些書，遲早要送人。我立刻打斷他的話題：我倒不像你那麼大方哩。燕城吃驚問道：怎麼處理你的藏書？四年前已決定了，我自信會預感大限降臨，來臨前趁還有氣有力，燃火盡燒珍藏。我此刻仍嚴格限制自己量力而為，應購則購，不應購又購，忍耐掩面是經濟以外唯一必須付出的代價。大限催行的時候，一定不止此數。我這批書雖說平凡之極，可真是四十五年心血積累的成績。為甚麼一火燒盡？可惜啊可惜，送給我不是更好？送給你也不錯，人都死了，身外物帶不走。問題是，如果你先去呢？

老友一時不能回答。如果我先你走，後會無期，送給你沒問題；但，得答應走前將我的書全部燒毀，這是寄存不是贈送。但，另一個問題接踵而至，我已不在人世了，怎知道你有沒有將託存的廢物殘貨一火燒掉？哈哈，我大笑說下去，如讀遺囑，

似數家珍：到頭來是不能不燒的啊。我認為，知音不多，燒了總比放著沒人翻閱好得多了。不說這些，先吃飽了再說。

　　你問我年屆六十的感覺，早告訴你了。今天剪草鋸樹弄得筋疲力竭，你看完了「今夜新聞」，再好好睡一覺吧，明早還要趕去機場，同遊多倫多初嘗夙願，是卿妹送我的花甲生日禮物。我實在太疲倦了，只想睡個夠。她話題不斷，纏磨探索我對花甲感受所能下的結論。一切似乎靜止了，五百光年以外一顆小行星上居住的異星人正向我招手。她喃喃自語，說了些甚麼聽不清楚，像夢又像囈；第二天踏進機艙才告訴我昨晚唸的是劉長卿的詩：過雨看松色，隨山到水源。溪花與蟬意，相對亦無言。

寫於一九八〇年代

收入《一指禪》（香港：華漢文化事業公司，一九九九）

費里莎蒼龍

　　橫跨費里莎河面新建的費里莎大橋，氣宇軒昂，是公認的工程龐大的科藝品，總括了科技設計和造型結構。氣宇軒昂形容人的不凡儀表，似無分男女。但真正運用起來，對女性的素描，筆畫間依然是美貌絕倫、國色天香一類陳腔偽句，腦袋儲備詞彙彷彿是愈藏愈少了。這座鋼骨支撐，配合凝混土包裝的大鐵橋，矗立二埠東南費里莎河北段。費里莎河是卑詩省命脈，全長九百餘里，婉蜒曲折，氣勢萬千。自高空俯視，九百里蒼龍伏在平地迂迴前進，自洛磯山脈麋湖分流開始，一瀉直下，轉折向北爭步，過喬治太子鎮再順流南回，直奔太平洋。響澈耳際的隆隆音調，一到二埠才算停止。

　　一八〇八年，探險家西蒙·費里莎幹獸皮貿易，順流北去，發現這條飛沙萬里的老蒼龍。河因他起名，費里莎也因河名垂青史。每年早春二月，整天毛雨絲絲，黃水匯集低窪地帶，往往半夜成暴。晨早夢醒睜眼細看，黃水早已泛濫半尺，大家熙來攘往，掙著疏通溝渠，因此對岸雪萊埠，固然是大溫哥華東部最末一區；致命的是雨季漫長，兩場大雨連草也給浸霉了，所以屋價頗為便宜。附近木廠三數，工人昨天開始罷工。踏著黑泥污石捉蟹摸魚，也會為緊張的生活平添三分歡樂。尼克，我按住岸邊的木樁，猛力執著塑膠白繩子說：逆流而上。

為甚麼？尼克不大明白。

試試你的意志，不能白等魚跳上來的。

哎，很好，尼克説。

我們終於逆流而上，海明威站在我眼前，翹起白皚皚的大鬍鬚微笑向我招手。正看得出神，鴨嘴帽幾乎給二月初就颳來的涼風吹翻。尼克，我説：你還記得地獄門？

哎，尼克説：記得。

海明威是這樣説話的。

海明威？誰呀？尼克問。

這條河叫費里莎，他叫海明威。

每年夏季朋友遠道北來，久聞地獄門大名，反正兩家人回去斑芙鎮，樂得順道觀光。這裏本屬沙鱉魚棲息安家的天堂。河面轟轟不捨晝夜，覆捲千噸黃泥，畫在紙上就是黃色的海綿了。沙鱉字典稱鮭魚，肉粗味鮮卻又不算難嚥。前幾年特闢旅遊區，架了登山車，過河看洶湧泥暴，個個憑窗低首，究竟看甚麼？誰也不大了了。這叫地獄門？費里莎的地獄門？對，我坐在長板椅上用吸管喝七喜汽水，朋友大呼上當。驅車二百二十里，來聽陣陣轟隆。可不能這樣説，不小心跌進去，你已經抵達地獄了。

四年前，我帶著老伴孩子，舉家開車北上喬治太子鎮，路過地獄門。天際濛濛，極目一片枯草黃山，遊客大概都冬眠去了，登山車擱置纜頂不知鏽蝕。怎麼沒有魚呢？尼克問。有的，牠們昨晚結婚。

沙鱉魚也結婚？尼克不太相信。

不結婚怎能生小魚？

我將來也結婚？

當然。

不要子女也得結婚？

尼克，你慢慢自然會明白的。

兩個小時後，忽然下起雪，我們繼續冒雪向北挺進。越過連頓山莊，偉大的費里莎跟我們分手。到達百里屋，雪漸漸濃密。身邊失去費里莎，恍若置身空濛，南西不辨，可見冬季內陸趕程，費里莎真是大自然匹配的好伴侶。沙鱉魚產卵，必須躍向高泉，要是躍不上，下一代可沒能出人頭地。身強體壯最好，可惜四鉢鮮味贏得讚譽，也抵不上三躍的姿式。為下一代著想，最後亦難免化作刀筷下的冤魂。費里莎季鮭魚可有一夜回魂的？注定讓人裹腹，那真是欲語無言了。

傍晚來到喬治太子鎮，三載未晤，老友雙鬢早已微白。當夜吃鮭魚大餐，炸蒸焗燴各得其所，多寡自如。只是洋人吃的方式，和我們習慣的迥然殊異。他們除了檸檬薄片辟腥，再也想不出良方妙策。單單檸檬片，切了半個鐘頭，四周鋪陳活像拿破崙從莫斯科撤退的殘兵敗將。僅在魚的墳頭插了幾顆紅梅，還會使人想起這是大戶人家千金出閣的時刻。

匆匆四年已過，老友的男孫瞬間三歲，喜歡跟他母親到河邊捉魚。叫甚麼名字？尼克，老友回答說。尼克·亞當斯？不，老友神色凝重，一臉疲憊，眼淚快要湧溢了。甚麼事？且聽你講講，看我是否能幫幫你。

不可能的。唉，天意。老友拿起一片小石子，看準了遠處

的水平線，跟著側頭斜臉，呼一聲使勁擲出去，費里莎河面泛起輻紋。他怒吼丹田，水面立刻紋開輻射，一圈一圈開盡散去。老尼克終於流淚了：孫兒患上血癌，是今天才證實的。啊，這開盡散去的費里莎的微波煙雪，誰知世間事，放眼都是歸去又來的雲雨山水。那邊的異星人，恐是唯一的安慰。

此刻駕車送老友回去，四年舊事壓抑胸懷，欲派不能。我們只是凡夫俗子，超人原屬騙人的神話。單說近在咫尺的費里莎吧，年年河水翻騰，鮭魚照樣產卵，照樣生兒育女，盲目的蒼龍就這麼奔向末日了。

尼克，我問：再去，是不是太平洋？

是，爹。尼克回答說。

太平洋很大？可以盛載幾萬年的流水？

很大的，尼克。

老友笑著道：保羅，太相似啊，那個海明威。

寫於一九八〇年代
收入《一指禪》（香港：華漢文化事業公司，一九九九）

相親

一、

　　明媽好不容易才說服了女兒，跟她一起去相親。這陣子移民潮高漲，此起彼應，套一句通俗形容詞，正是高潮迭現。隔壁的張老三下班回來了，當著一班卡啦OK歌唱家面前鄭重宣佈，申請移民新加坡的人龍愈排愈長，足有一個街位那麼遠。新加坡從來不引人側目，忽地裏平地一聲雷，爆竹似的響遍半邊天，一登龍門，聲價何止十倍，百倍更覺合理。張老三說，美國、加拿大、澳洲這三個國家的領事館，天天擁得水洩不通，領事館的人多如牛毛，數不勝數。黃牛操縱排隊領表格的大場面，前五十名排位，索價五十塊錢。

　　「有沒有心甘情願自掏腰包的？」不知誰搭訕問一句，張老三可樂了，拉高嗓門答道：「多得很，他們不願苦候個把鐘，頭頂的太陽曬得好熱。」鋪到桌面，左看右看，一臉小心翼翼的神色，好像中了六四九極度愉悅的表情。

　　「張老三，你不是說過新加坡水淺地窄，容不下大鵬展翅嗎？」

　　「今時不同往日咯，這是識時務者為俊傑。」張老三連消帶打，抬頭輕輕一句就擋了回去。他習慣隨機應變，冷嘲熱諷，

揶揄挖苦，通通譬如武林高手過招，並且自稱這一招叫四両撥
千斤。

　　張老三哈哈而笑，繼續説下去：「做人貴在有自知之明。
移民加拿大，即使投資移民，有了廿五萬元加幣，才會考慮接
受申請。」

　　「你沒有這筆錢？」小李雙眼圓睜，故意挖苦他：「此際
樓價暴升，你住的太古城這層單位，時值一百三十萬元，有資
格申請嘛。」

　　「有資格？移民去了做哪門子生意？走私販毒？」

　　大家你一言我一語，哈哈笑個不停。倒是新加坡政府沒規
定，申請移民必須投資廿五萬元加紙。香港、新加坡一衣帶水，
相距不太遠，當太空人也不必超超千里，活像打仗的南征北伐。
他向來精打細算，估計香港的國際金融中心地位五十年不變。
現在如此，將來也如此。退一步説，萬一大老細突然變卦，幾
個鐘頭的航程，又可以重投新加坡懷抱了，這一招叫穩紮穩打。

　　張老三是出了名的單身貴族，明媽看他也頗有幾多意思，
厚薪高位，還擁有一幢面積七百多平方呎的太古城單位，只差
不是移民。她當然不清楚張老三月薪多少，既然任職政府機構
行政策劃，月入不菲自是意料中事。不知是基於習慣成自然的
處世態度，抑或看中了珠珠，借故討好明媽，一有機會碰頭，
往往聊個不休。誰都弄不清他們談那些不著邊際的老話題，到
底目的何在？總之，兩人談得很投入，有時更會開懷大笑。

　　「聽説你準備離開香港了，移民新加坡？」

　　「有這回事？」張老三手挽文件箱下班回家，剛踏出升降

機，明媽也恰巧外出，張老三微笑揚手先跟她打招呼：「誰告訴你的？」

「你不是跟我開玩笑吧？你委託手下，去新加坡領事館排隊領移民申請表格，是這兒的大新聞哩，上個星期已經傳開了。」

「鬧著玩，毫無打算。」

「移民，也得選個好地方，譬如美國、加拿大。」

「誰不知道？美加條件多，不容易去。」

「不能這麼講，」明媽好像掌握了移民美加的全部資料，規定的條件瞭若指掌：「他們只提出廿五萬加幣投資做生意，你坐享其成了，一層樓按目前屋價，已超過廿五萬加元。」

「唉陳太，你是挖苦還是諷刺？」

「沒這個意思，張先生想歪了。我們多年鄰居，挖苦你對我有甚麼好處？」明媽反鎖好了大門。繼續問：「美加的申請表格你未交還？再拖下去不是辦法。」

「問題是，我不懂得做生意。」

「自己不懂得做生意，沒甚麼大不了。聽移民顧問說，可以投資一筆金錢由那邊的商家替你運用資金，也可以辦移民，許多人就是藉著這門路移民的，不妨試試看。」

「盲目投資？太冒險了。」

「不致血本無歸，但，有了心理準備才決定進行不遲。那邊經濟不景。」

「我有朋友就是盲目投資，換了移民資格，」張老三放下

文件箱，一面開門一面解釋：「他們説，付出廿五萬元加幣代價，當作移民費用，我認為太不值得。」

「張老三，改天再談吧，趕著去買菜。」

「再見。」

二、

明媽和相熟的街坊到過那家餐室喝咖啡聊天。那兒環境冷靜，座位寬敞舒適，侍應招呼週到。來的次數多，久而久之，也和遞茶送水的伙計開始熟絡。幾個月來，街頭巷尾碰到的，總離不開移民這個熱門話題。整座城市彷彿翻轉了，世界末日快要來臨了。近來大部份香港同胞，擔心將來環境變化，可以走的老早一走了之。經濟條件充足，符合退休移民資格的，也準備了後路。看形勢，移民潮已形成了一股社會潮流，來勢鋭不可擋。堅定不移的，只有草根階層。

明媽雖然讀書不多，但，天天看電視聽新聞，耳濡目染，也受了一窩蜂移民潮的影響。她常常這麼想：膝下只得一個女兒，兩口子辦移民，大概不會很複雜的吧，可惜丈夫遺下來的這棟唐樓不值錢，五百平方呎面積小單位，也找過相熟的經紀估價。

「陳太，你這層唐樓，吃虧在沒有升降機。樓高八層，上落又不方便。」經紀來回踱步，不時按動小巧精緻的電子計算

機喃喃自語。一閃一閃捵出來的綠色數字，轉瞬即逝，明媽簡直看呆子。來到街頭，忍不住張口問：

「依你看，能賣多少錢？」

「陳太，你知道啦，」經紀一面計算一面回答說：「新浦崗位處工廠區，地價毫不值錢，比不上你住著的太古城那一層。剛才說吃虧在唐樓沒有升降機。還有呀，你這一層是後座。」

「難道後座就不值錢？」

「當然，這是常識，我沒騙你。」

「好吧，依你看能賣多少？」

「哎陳太，你現在不是收租麼？」

「收租是一回事，可惜太麻煩，不如賣了更划算。住客一家五口，幾次向我提起過，如果開價合理，他有意思買過來。上個月還問起我。」

「陳太，老老實實告訴你，可以賣四十五萬元。」

「四十五萬元？算換加紙值多少？」

「七萬元左右。」經紀好奇地笑道：「怎麼？你也辦移民？到加拿大哪一個埠？多倫多？溫哥華？」

「周先生，哪有這回事。」明媽一向口直心直，想到甚麼說甚麼。移民辦法不是沒有，未到揭曉的時刻，還是不講好，反正茶餘飯後，大家都討論移民了。

「陳太，彼此這麼熟絡，何必吞吞吐吐？」

「我哪有資格移民，又不懂得做生意。」

那天帶周經紀去估價，總算有了答案。四十五萬港元，才等於加幣七萬元左右。即使孤注一擲，連太古城這一層一併賣

掉了，湊足廿五萬加元換個移民資格，可以移民了。手上一文不剩，憑甚麼本事買屋定居。再說，吃也成問題。

珠珠生性孝順，去年中學畢業之前。對母親的一言一語唯命是從。她運氣好，除了三餐不愁，領了會考畢業證書，沒幾天找到大公司的文員職位。珠珠深知母親正跟著移民潮打轉，人移我又移，趕時髦似的，幾個月來未停過想方設法辦移民，為此和她約法三章，別的事情她認為不必考慮，無妨自作主張。遇上重要問題譬如辦移民，涉及母子倆今後前途，必須坐下來詳細商議，到了爭持不下的地步，再設法解決。

吃晚飯的時候，明媽舊事重提。明天餐館相親，隨便坐一會好了，「我沒答應過甚麼。」明媽重複強調：「我只是開開玩笑，想不到她竟然認真起來，先後提過好幾次都推了。這一回她說，加拿大那邊催得急，要她具體回覆，讓她向人家交代一下。」

「媽，我問你，這個她是誰？」

「清潔公司的同事，那次她生日請吃飯，千叮萬囑要我帶你一同去，記得嗎？」

「七嫂？八卦婆！專找人串門子！」

「珠珠，她沒開罪你，怎能出口傷人？」

「出口傷人？金山伯啊，去加拿大掘金嘛。聽人講，甚麼肥水不流別人田，叫她女兒下嫁金山伯啊。」

「七嫂何來女兒？兩名大少先後出身，孫也有了。」

「我有了男朋友，」珠珠故意跟母親抬槓鬥氣：「公司的同事，有型有款，出手也闊綽，誰希罕加拿大的金山伯？」

「誰管你有沒有男朋友？」明媽暗揣，早知女兒不會答應，既承諾在先，總要履行諾言：「算了算了。珠珠，明天你儘管去一趟，讓七嫂死了心算了。」

「媽，我不是怪責你，」珠珠委實不想母親沒法交代，講了不下十次總沒下文，去一趟七嫂能討甚麼便宜？天光化日，她又不會綁架：「人家說財迷心竅，你卻是移民熱潮迷了心竅。我看香港能繼續保持繁榮，那位名流不是早說過，五十年不變，馬照跑，舞照跳？媽？你當我是爛茶渣嫁不出去？」

「珠珠，我沒這個想法。我和你爸也是自由戀愛，自由結婚，你以為我思想不開通？」

「好，媽，我問你？那個金山伯是何方神聖？」

「七嫂也不清楚，只知道他是老華僑，年紀五十六。因為身體不好，轉讓了生意提早退休。」

「做甚麼生意？街市賣菜固然是做生意，走私販毒也是做生意。」

「這個嘛，更弄不清楚了。聽七嫂說，這人是她的遠房親戚，五十幾歲仍未結婚。」

「生病的，誰會看中他？」珠珠放下筷箸，打算帶點警告口吻，教訓母親一頓。自從父親患癌逝世，三年裏含辛茹苦，透過熟人介紹，替清潔公司當清潔女工，負責寫字樓大廳，吸塵抹枱一類輕便工作。新蒲崗出租的小單位，是她父親遺下的自置物業。至於太古城這一層，供屋供了二十年，去年才供完了，真是謝天謝地。

一想起母親供書教學，老是堅持女兒學業不能半途而廢，

珠珠再教訓不下去了。明媽卻搶着説：「那人身體不好，找個人服侍。」

「咦，找人服侍？你不要讓七嫂那些八卦婆欺騙了。我告訴你，加拿大政府照顧週到，通街都是老人院，請了專人服侍。」

「珠珠，你沒腦筋嗎？五十幾歲怎算老人？」

「不算老人，很好。身體健康不妥，患了病，加拿大政府也會請人服侍。」

「金山伯年紀大了，找人服侍即是結婚嘛。」

「好哇，」珠珠改變語氣，大概是向母親投降了：「加拿大沒有人可以服侍嗎？我再告訴你，你三番四次遊説我服從你意思，見一見那個八卦婆七嫂。好，我答應你明天陪你去，不過要記著，只此一次，下不為例。還有……。」

「還有甚麼？你只管講出來。」

「還有，我只陪你半小時，四點半鐘我另有重要約會。舊同學生日派對，不能不去。」

「要是憑這個機會移民呢？你也不答應？」

「媽？這是甚麼世紀？移民移民！你呀不是我怪你，連發夢也夢見自己移民。」

這一句，可真講中了明媽幾個月來的心事。每次聽人講起他全家移民咯，她去了美國咯。讀書為名嫁人為實，子女也快十歲了，好風光哩，午夜睡覺就發她的移民夢了。「説不定真的機緣湊合辦移民呢？你不答應？」

「不答應！」珠珠好像受了諸般委屈，有冤無路訴，突然

站起身來，啪一聲朝桌面放下筷箸：「不答應！要服侍要嫁，你嫁給他！」

三．

　　金山伯胡中平，身體畧微佝僂，但體型硬朗，操一口台山鄉音，罵人的時候不離一句「妖拿媽」（台山語罵人粗語，意即「操你娘」）。為人脾氣不好，熟朋友見了他，人人退避三舍。尤其麻將枱上，摸不出雞胡一番，也「妖拿媽」罵上家有理無理亂扣牌，祖宗三代都罵遍了，才斜咬香煙，拉開小櫃子，手指夾起「骨打」（二角五分硬幣）向贏家一拋。怎知這名後生哥，脾氣比胡中平更壞，一拍桌一面站起來：「你老母，輸掉雞胡一番找人出氣？我才妖你個老母！」

　　唐人街雲山俱樂部一位終日閉坐讀報，一生寂寞的七十五歲蔡老頭，眼看打牌的後生哥，拍枱大罵胡中平，暗叫不妙，立刻跑過來，說好說歹按住了後生哥的肩膊道：

　　「和氣生財，搓四圈衛生麻雀，不外消遣消遣，犯不著你老母來我妖拿媽去。趙教頭，這位胡中平，忘記向你介紹。哎，前天吩咐兩名小姪，拜你為師，學幾招詠春拳健體防身，有找過你沒有？」

　　「蔡伯謝過了。一事歸一事，這人開口就『妖那媽』，我已不理不睬。付賭債居然朝我這麼拋過來，呸，打賞乞兒麼？這仁兄在鹹水埠唐人街，浮了多少年了？」

「算了算了，」蔡老頭連忙向胡中平打個眼色，示意不要搭腔，然後轉頭問胡中平的上家四邑李：「四邑李，八圈搓完了吧？」

「第二圈完場，仍有一圈才四圈。」

「妙極，」蔡老頭哈哈笑道：「四圈完場哩，妙極！看，他們上來了，趕著爭雄稱霸。」

話猶未了，門口那邊四條大漢，二前二後操進來。為首的是木板廠拉板的馬成輝，綽號大隻輝，同趙教頭是師兄弟。每年天后寶誕，唐人街舞獅巡行，師兄弟兩人是舞獅打鼓的最佳拍檔。在唐人街混了廿幾年，終於混出個名堂。希士庭東街距大光戲院不遠的武術館，專教華裔子弟詠春少林武當三派拳法。招牌高懸至今，少說也有十幾年，教了一批數以百計的入室弟子。近年鹹水埠習武成風，洋人慕名而至，紛紛拜師執弟子禮，師兄弟同是唐人街很吃得開的龍虎武師。胡中平素仰他們大名，可惜無緣相見。

怎知今回輸了雞胡，「妖那媽」拋賭錢，犯到趙教頭身上來了，真是有眼不識泰山。他心跳增加，既內疚又痛苦，緘默不敢出聲。從此以後，他的朋友日益減少，可壞脾氣卻是有增無已。

雲山俱樂部名正言順，打起「麻雀耍樂」四字招牌，長木條黑底金字，懸掛白牆一角，搶眼極了。「麻雀耍樂」四個不大不小的北魏趙之謙體墨跡，傳說是宣統三年西曆一九一一年，孫中山來加鼓吹革命，一名不知怎樣淪落鹹水埠的前清秀才，聽了孫中山演講，當晚呼朋引友，開局搓麻將，連摸三

清一色滿貫。前清秀才將意外贏得的橫財，全部捐給革命黨購買軍火。落難秀才那晚餘興未盡，隨手拿起如椽巨筆即席揮毫，一口氣守下了「麻雀耍樂」四個趙體北魏大字。

雲山俱樂部前身是「敬師義塾」，誰維持到一九五幾年胡中平開學，由義塾老師口誦「開枝筆，寫行字」，十五六歲不等的一眾唐山子弟，人云亦云唸書，明年才結束。接手的陳老板，忽然發現義塾欠租兩個月，找個藉口收回了，從此變成雲山俱樂部，天天設下六桌麻將。布簾裏面的內廳大另有洞天，平日在唐人街行走的，彼此心照不宣。只是大家一直奇怪，陳老板從哪兒弄來這副「麻雀耍樂」的槍眼招牌？義塾哪一年結束？誰樂意追究胡中平十七歲開學，多半是蔡伯漏了口風，他的出身源自片打東街這層殘舊不堪的二樓。他的朋友甚少早提過了，怪不得在唐人街很吃得開的趙教頭，一年不上一趟雲山俱樂部，今兒上去耍樂，偏偏撞了邪，給目不識丁的胡中平罵「妖那媽」，不揍他一頓，畢竟看蔡老伯份上。

除了十七歲進敬師義塾開學，胡中平幹過甚麼，大家也摸不透。位於士達孔拿，貼近派亞街那幢地段廿八乘一百的舊屋，屋漏偏逢連夜雨。銀行雖然存了幾千元，硬是不肯花錢重蓋屋頂，自己拿錘帶釘，跑上屋頂修鋪。那回剛下了一場溫哥華十年少見的大雪暴，牆濕路滑，不小心翻一跤，住了兩個月聖約瑟醫院。回到家裏命是保住了，從此卻不良於行，一拐一拐的，活像左腳一夜間短了五寸。

一九七〇年冬季，鹹水埠整日滂沱大雨，山泥傾瀉，士達孔拿全區街渠污塞，水浸民居，禍延唐人街。那一年，胡中平

替昌旺記雜貨店打工，片打東街夾歌雅街這一帶，水深及膝，害得昌記老板提早關門。拖到傍晚時分，水務局工人打通了地下街渠，向外宣佈歌雅街北段的地下通渠爆裂，水浸市民不便，由市政府出面，向唐人街店東，以及有頭有面的僑領道歉。蔡老頭說，七〇年那次水浸屬天災，是算不了的，市政府向唐人街店東、僑領、商號道歉，是脫褲子放屁。以後好多年裏，他自己的處世態度也改變了。

胡中平一頭鑽進雲山俱樂部，蔡老頭正舉步下樓，迎面碰個滿懷。胡中平大概今兒心情不好，特意跑上來「賭四圈」。

蔡老頭一聽，不得了，拖著胡中平右手，按住他坐下說：「我們是耍樂嘛，怎能算賭博？看，寫明了『麻雀耍樂』，我們不歡迎賭博。」就在那一晚，胡中平提早收工，走進雲山俱樂部，聽蔡老頭一本正經進言。

「中平呀你行動不便，孤家寡人，應當結婚了。你今年幾歲？讓我算算看。」

蔡老頭從他十七歲進教師義塾開學那年算起，問他開學那年是一九五幾？胡中平怎記得？蔡老頭索性問他哪一年出生？他也記不起。蔡老頭差點沉不住氣罵出口「混蛋」，卻梗骾在唇角吐不出來。問他今年幾歲？胡中平可記起了，卅四歲！回答聲浪清脆玲瓏。

「看你這樣子，也算有自置物業，找個台山小姐結婚吧。你行動不便，昌旺記的余老板會留你多久？中平呵你又能做甚麼？」

蔡老頭可一言驚醒，卅四仍未成家立室。余老板的細利

眼，一拐一拐擔箱遞盒，使盡了氣力老是嫌他慢，蔡老頭說對
了，昌旺記不能久留。炒魷魚是遲早的事，又不必通知，失業
保險頂多只領一年。那麼一跌左腳短了兩五寸，行動不便，能
做甚麼呢？

四、

　　士達孔拿這幢爛屋，也不是自己節夜縮食買下來的。老頭
子雙腿一伸，來不及趕去聖約瑟醫院，看他最後一面，就死掉
了。唐人街那位醫生對他說，他老頭子喝酒過量，患了肝硬化
斃命。每年清明重陽，記著行山拜祭就是了。有時夢中與老父
親重逢，摸著自己的光頭道：中平呀這棟屋給你，千萬要節儉
省錢，娶個媳婦帶來讓我看看……。
　　找個台山小姐結婚沒門路，託人說媒呢，蔡伯說，大陸鬧
文化大革命，如火如荼，台山鄉親斷了聯絡。一九七五年某一
天，雲山俱樂部經常耍樂的雀友（搓麻將朋友）財叔，也不知
他姓甚名誰，大家只管叫他財叔，忽然問他：
　　「聽講你託人，找位小姐結婚？」
　　胡中平呆了半響，點頭應道：「是。」
　　「一定要物色台山小姐？」
　　「不一定。香港小姐也不錯，但，難對付。」
　　「你目前有甚麼打算？」
　　果然不出所料，昌旺記的余老板將他辭退。失業保險領了

一年，蔡老頭體念故人之子，同他老子一九三幾年開餐館開洗衣店，情同手足。眼下胡中平左腳真的短了，不忍心看他坐食山空，派了個小輩陪他一同去社會福利署，申請社會救濟，一領又四年。想到這裏，胡中平噩夢初醒，望著財叔答道：

「搞小生意，靠福利救濟金，是娶不起老婆的。」

「甚麼生意？」

「同朋友合股開濕仔（小型街角士多店）。」

「要是一撮即合，她一人持家，你專心做生意，既持家，又相夫教子，小胡，你下半生不愁了。」

香港那邊掛長途電話通知財叔：一言為定，他外母年紀大了，先匯禮金一萬元、酒席三十圍。外母那兒也算通情達理，不講排場也不鋪張，說是補貼嫁女，將來也可以飛過溫哥華來渡晚年，連酒席金合共一萬五千元算了。

胡中平年進四十未碰過女人，單看香港小姐的照片，已覺神魂顛倒。香港那位準新娘，只來過一封信，胡中平請蔡老頭捉刀，自己拆下貼上郵票寄出去可沒了下文。蔡老頭也想過，可能滿紙之乎者也，害透了香港小姐不回信。隔了兩個星期，財叔打電話來說，小胡的喜酒喝定了。

那是一九七六年初，爛屋仍未修好，胡中平跟著蔡老頭去溫哥華國際機場接機。先在胡德記酒家訂妥喜酒，筵開三桌，趙教頭也是座上客。香港小姐初會四十歲金山伯，驟看似父女重逢。香港小姐看他外貌，內心酸痛難當。表面若無其事，實則心事重重。不惜萬里拋身，嫁給這麼一位拐著腿酗酒的四十歲金山伯？不禁悲從中來，欲哭無淚。

　　香港小姐倒也又禮貌又客氣，筵席散了才告訴胡中平說，千萬個對不起，沒料到大姨媽（經期）早來了，今晚不能洞房，等大姨媽走了再算吧。十七歲開學的胡中平，聽了莫名其妙，爛屋只我和她兩人，哪裏多了個大姨媽？香港小姐沒解釋，頭也不回關上了門。

　　第二天，香港小姐芳蹤已渺，九成是跟情人私奔了。找財叔理論，許久沒人接電話。蔡老頭聽胡中平這麼一講，登時暗叫上當，整天坐立不安。就在那一年，唐人街傳出了香港小姐騙婚的小道新聞。最後財叔人去樓空，胡中平終日閉口不言，變了另一個人。過了幾年大約一九八三年，時值一月初冬：天氣冷冷的，胡中平抬起頭看，這天色，也快下雪了。

　　十幾年裏習慣右腿就著左腿提步走路，節拍勻稱，像足了軍樂隊演奏進行曲。昌旺記當年的舊同事馬威早已退休。閒談中，說起他去年到渥太華探親，某日出埠街上碰見財叔，他竟詐作不見。

　　「你的濕仔？沒再做下去？」

　　「風吹雞蛋殼，財散人安樂，」胡中平語出驚人，似乎見過不少風浪：「算了。妖那媽，香港小姐沒一個好！濕仔？都讓給朋友了。講明了一人一半的，我那一半由他接手。」

五、

　　那次七嫂約好明媽母女相親，珠珠始終坐著不言不語。半

小時以後才站起來道：「七嫂，對不起，公司今天開會，我要立刻離去。」

「七嫂，」明媽等女兒離開了才帶點歉意道：「她不答應。哎，五十六歲配二十歲，不怕人講閒話嗎？年紀太相差，我也認為不好。」

「沒問題，」七嫂說：「我那位遠房親戚，他五歲時見過面，已經認不出來了。看，這是他的照片，人品不錯啊。」

明媽從七嫂手裏接過照片，驟看不像五十六歲，退休商人可能補養太好吧。這把年紀退休，也可能生意往來太多，弄壞了身體，所以找人服侍。

「七嫂，你這位遠親貴姓？」

「姓胡，就因為做生意太集中精神，日操夜勞，才弄壞了身體的。我看呀，他忙得連老婆也不找了。」七嫂為人機靈，善觀臉色：「同事們都說你正在設法辦法移民，唉這機會失去，以後就不回來了。」

「胡先生一定要找個年輕的？」

七嫂聽明媽這麼一問，揣測她也打探行情，睜大了眼睛望望她：「倒沒有講明。胡先生雖然自幼在加拿大長大，但和外國的台山小姐無緣無分。生意結束，靜養了好幾年，你從照片也看出來啦，好食好住的模樣哩。」

「他直接寄信給你？」

「不，」七嫂拿出一封信，明媽認得出，信封貼上的是加拿大郵票，內容講些甚麼她不便閱讀，只好留心聽下去：「他父親一位老朋友蔡先生，也是我們一家認識的好人，寄信來提

起。甚麼『孤家寡人，生活諸多不便，誰若有意移居加拿大，不妨從中撮合婚事』，文縐縐的，好像大學生作文章。」

「七嫂，你今晚打個電話給貴親，問問他四十左右的婦人有沒有意思？」

「啊明媽？你是說……，啊，你芳心……？」

「你我同事三年多咯，怎不知我的心意？你那位貴親要是不在乎……。」

「哈哈，明媽，你嫁過加拿大去？」七嫂不由自主的笑起來：「你先生三年前過身，守了三年寡，應當沒人講閒話哪！」

「誰能講閒話？你打長途電話給胡先生，告訴他我四十三歲，樣貌適中，受過中等教育。丈夫三年前逝世，和女兒相依為命。她剛剛中學畢業，任職大公司行政祕書。」

「明媽啊，你的心意我時常明白，你女兒推了，合情合理，」七嫂一直說下去，眉飛色舞的神情，比美中了六四九：「你說得好，五十六歲配二十歲不登對。我那位遠親是退休商人，要講門當戶對啊。你去服侍他，就登對了。」

「甚麼登對不登對的，」明媽眼前一亮，彷彿看見溫哥華退休商人胡先生，開著墨綠色的名牌小房車，打開了車門，橫伸雙手迎接她。女兒拖著婚紗末端，看得口瞪目呆。

「明媽啊，」七嫂打斷了明媽的夢幻：「都是熟人了，不必客氣，你儘管提出條件，我回去立刻打長途電話，電話費算我的。哎，不要忘記我這封媒人利是。」

「七嫂，怎會忘記哩。胡先生做生意做了這麼多年，見過風浪，我還能提條件嗎？四十三歲，胡兄不嫌棄，已經夠幸運

了。不過，我也樂意多聽一點胡先生的近況。」

「對。蔡先生的信提到他有一棟屋，平日知慳識儉，以前跟朋友合股做生意，因為身體拖壞了，醫生勸他提早退休，胡先生就將名下的生意，全部轉讓由朋友接手，他間中也去走走。銀行存了一筆錢，無不良嗜好。」

「服侍胡先生，得要天天開車陪他散心了。」

「明媽，這個當然。我另一位遠房親戚，上個月回來探親，就說過加拿大那邊人人有車。人口多的家庭，三四輛車才能應付。你的條件呢？」

「我的條件很簡單，一是必須母女同辦手續名義上她是胡先生的女兒，屬她的事一切由珠珠本人作主。二是要正式注冊結婚，不是擔心做生意的會勾三搭四，而是為了大家好。三是結了婚就是合法夫妻了，不分你我了，你明白啦？」

七嫂「一定一定」的答個不停，也佩服明媽粗中帶細，卻萬料不到第三個條件，對她來說意外得無法想像。結了婚就是合法夫妻了，不分你我了，明顯的，蘊含著涉及遠親胡先生的任何一樣切身的事情了。明媽真夠精明。

凌晨兩點鐘，太古城這座十二層單位內的小客廳，電話鈴聲大作，震耳欲聾。夜深人靜的鈴聲特別響亮，明媽猛然醒過來，亮了電燈，跑到小客廳接聽。

「明媽，是我，七嫂的電話。恭喜你，胡先生一口答應你提出來的全部條件。蔡先生，就是我們一家認識的那位，也來電說，加拿大政府最近更改了移民法例，結婚移民必須先在原居地結婚，辦好了手續，回去加拿大再申請移民。」

「是一同回去的吧？」

「不清楚。聽蔡先生説：結了婚，應當可以一同回去，只是在加拿大那邊辦理正式移民。你認為怎樣？我要馬上回覆。」

「沒問題，就照胡先生的意思辦好了。」

「遠親託我告訴你，要是你不反對，他明天匯五千元加幣作禮金，兩星期內飛來香港結婚洞房，然後一起飛回加拿大去，在溫哥華辦理移民手續。婚禮酒席盡量從簡。胡先生也不敢作主，他説等他來了大家一同商量。」

「七嫂，不是天意吧，這麼快？」

「我還要打長途電話裏，明天出來飲茶好不好？明媽夠福氣啊，四十幾歲二度洞房。」

「你作主吧，七嫂，一切麻煩你了。」

明媽決定不理會親戚朋友，甚至珠珠在內的任何一句閒言閒語，決定以身相許，嫁去加拿大，服侍金山伯、退休商人胡中平。女兒也一起移民，幾個月來的移民夢，得來全不費工夫，天意啊天意。回到房裏，剛好凌晨兩點半。天意啊天意，明媽整晚沒法入睡，她記起了昨天相親的餐室，又記起了朦朧中，看見一名素昧平生的男人，駕名牌小房車接機，橫伸雙手迎接她。

寫於一九九〇年代，未刊稿

情人佳節

　　不知老之將至，一口氣慢跑三里面不改容，後輩讚賞不已，笑說老而彌堅，參加今夏舉辦的耆英馬拉松，準可打入前十名。聽今早小輩耳語情人節送情人禮，才驀然省悟，真的老之將至；比起十八一枝花黃金歲月，也真的老了，儘管從沒一次人前認老。

　　小輩匆忙遞過電話，月英說：鶯哥，找你的，一位小姐，女士也說不定。我跑過去拿起聽筒，講了幾句以後呆若木雞。小輩或許意識到甚麼突變意外大禍發生，竟也目瞪呆立追問：鶯哥你沒事吧？沒事，我搖頭回答說，語音堅定爽朗：你以為有事？拖到下午三時約會時間逼近眉睫，太座下班仍未回家，趕著外出惟有留言。上司大人：久候未歸；應遠遊老友約敘麒麟閣樓頭，非速去不可。今晨接伍活德百貨公司來電，情人節抽獎一抽中的。因當日隨便乘興填表，今抽中二獎，獲贈情人節大禮，以耀眼紅色英文 Doris I Love You 四個大字，由飛機升空，機末拖曳飄揚，自南至北繞大溫哥華一周。到時萬眾仰首，歌頌伉儷情深，愛比金堅云云。伍活德百貨公司老闆，若非不畏虎的後生輩，就是臨老搞笑。既云抽中大獎，拒之不恭。上司大人若反對，仍可致電拉倒。我則認為頗具創意。三十載婚姻藉表心蹟，正中下懷也。意下如何？

如此抽中 I Love You，天意乎？匆匆不及，因字。

　　留言是寫好了，可沒留在桌面，放進口袋驅車趕往麒麟閣。情人無謂中外，佳節卻分東西。二月十四華倫天屬西，國曆七月七則屬東。兩相比較，大抵時移勢易，已見國衰西盛，起碼北美如此。黃臉孔華裔，都迎二月十四。七七除了少數上年紀的還記得抗戰肇因，紅塵萬丈卻是有人無情。昔時舊俗，婦女多在七月七日夜間，置鮮花生果拜織女星，求智慧技巧，遇君子撮合因緣，俗謂「乞巧節」；亦即千古傳誦、牽牛織女浪漫不遂的悲劇神話。天河之東有織女，天帝之女也，年年機杼勞役，織成雲錦天衣。天帝憐其獨處，許嫁河西牽牛郎，嫁後遂廢織絍。天帝怒，責令歸河東，許一年一度相會（《月令廣義七月令》引《小說》。轉引自袁珂《神話選擇百題》，下同。）織女受天帝罰，一年一次會牛郎。不人道的浪漫，何以獲得婦女崇拜，求示機巧撮合愛情？真是百思不解。《爾雅翼》卷十三也有相關記載：涉秋七日，鵲首無故皆髡。相傳是日河鼓（牽牛星）與織女會於漢（銀河）東，役烏鵲為梁以渡，故毛皆脫去。

　　《爾雅翼》這段記載，顯然更傳神更鼓舞。百鳥交疊緊接成橋，完其好事。淒渡幽會，說甚麼好呢？惟纏綿不休而已。鳥眼虎視眈眈，豈能成其好事？比羅密歐茱麗葉愛情更悲。河東一年相會，只因織女嫁後貪歡，懶惰廢織，已然自顧不暇，又豈能俯視塵世，賜撮合玄機？尤其百思不解。聽說七十年代以後，香港婦女已與七巧節絕緣了。活在七十年代初的加拿大，情人節勢如破竹，連九歲髫齡丫頭，也懂得

送情人卡。大勢所趨,新丁必須入鄉隨俗。佳節又情人,就像聖誕復活,不管信教叛教,反正人人歡樂慶祝。

　　那時我在餐館工作,夜夜煎(牛)扒炸雞,下班頭也不回直衝停車場。但聞嬌聲嗔喝:保利且慢。應聲轉身一看,哎原來是三圍與當年加拿大小姐平起平坐的露姍娜,趕出來拉著右手問道:情人節你忘記了?快樂情人節。露姍娜送給我的情人卡,倒是清香撲鼻。你今晚有約?我打趣問道。怎知她老實不客氣笑著反問:我正打算約你去派對跳探戈哩!怎麼樣?不怕太太呷醋?還沒說完早已掉頭鑽回車裏去了。情人節麼可見不外禮俗。幾十年闃無聲色走了,舊日心境今日情。女兒早已出嫁,黃昏戀可遇不可求,枕邊人到底和心上人,不可同日語倒是真的。

　　伍活德百貨公司那位小姐(女士又何妨)來電報喜,索性當作意外大禮,卻之不恭。她還說恭喜恭喜,預祝百年相愛,子孫繞膝。她確實用英語依書直說,於是奇而問她:怎麼懂得套用中國成語恭賀對方?小姐(不會是老太婆)微笑答道:我在卑詩大學修過語言學,跟一位中國血統教授學過中文,所以還記得多少。這倒輪到我恭喜你啦,我樂極忘形說:你的中文一定很帥。一點點嘛,小姐那口普通話,居然音正腔圓:謝謝你。盧先生請勿忘記情人節那天下午四時,仰首望蒼天。那天下班的全城白領,一定給 Doris I Love You 的紅色大字嚇呆了。可惜,可惜我不是 Doris。盧先生請再接受我恭喜你。再見。

　　我始終瞞著太太,沒將伍活德百貨公司送我的大禮講出

來。只等二月十三日晚飯，坐到桌前才揭開話題：明天情人節呀。我想起以前的七姐誕，不少人家露台上懸掛花巧結紮的五彩繽紛七姐盆慶祝，我也感染過一點熱鬧。一面吃一面鑒貌辨色，不料上司大人鐵臉硬冰。她向來臨危不亂，諸事深藏不露。飯畢照例轉到中文電視台收看肥皂劇。

翌日清早六時半，上司竟自上班去了。睡前約好了一同晨運，然後飲茶買菜，怎知老人院的少壯女助護情人節請假，上司必須補替空缺，留下電腦信息：伍活德百貨公司也通知我抽中了大獎，不明白你為甚麼不告訴我？難道你過去的事，一直瞞著我？講真話，大溫千萬個桃麗絲，天曉得哪個才是你愛的桃麗絲？這些洋人玩意我反而不在乎。既然幸運抽中，也樂得今天下午四點鐘舉頭望天際。千萬不要忘記，從冰箱拿兩條石斑魚解冰。明河可望而不可親，願得乘槎一問津；更將織女支機石，還訪成都賣卜人。這首詩是誰寫的？回家後告訴我。

上司大人就是這麼一位大人。我當然渾忘所託。她三點下班，我一時未夠已溜到街上，購買紐約時報；再開車去大都會商場，躲到最不惹人注目的角落入神捧讀。二時半啟程接大人下班。但見上司氣急敗壞跑出來：想不到七老八十的傢伙，居然興致勃勃慶祝情人節。經理邀請我們今晚回去老人院，參加情人派對，說是與眾同樂。

天堦夜色涼如水，我笑著道：臥看牽牛織女星，你又知道是誰寫的？上司雙目緊閉。今兒太累。你開車到哪裏去？本仍比山。呼吸新鮮空氣？或許吧。仰首望蒼天，群星未曾

拱照，卻見意外驚喜。唔，這麼輕輕唔了一下，上司又閉上了眼睛了。

刊於《香港作家》總第一一五期，一九九八年五月

銀河系叢書 12

拉撒路：盧因小説二集

作　　　　者：盧　因
編　　　　者：黎漢傑
責　任　編　輯：黎漢傑
校　　　　對：阮曉澄
設　計　排　版：Jenny
法　律　顧　問：陳煦堂 律師

出　　　　版：初文出版社有限公司
　　　　　　　電郵：manuscriptpublish@gmail.com

印　　　　刷：柯式印刷有限公司
　　　　　　　香港北角屈臣道 4-6 號海景大廈 B 座 605 室
　　　　　　　電話:(852) 2565-7887　傳真:(852) 2565-7838

發　　　　行：香港聯合書刊物流有限公司
　　　　　　　香港新界荃灣德士古道 220-248 號
　　　　　　　荃灣工業中心 16 樓
　　　　　　　電話:(852) 2150-2100　傳真:(852) 2407-3062

臺　灣　總　經　銷：貿騰發賣股份有限公司
　　　　　　　電話：886-2-82275988　傳真：886-2-82275989
　　　　　　　網址：www.namode.com

版　　　　次：2022 年 5 月初版
國　際　書　號：978-988-76022-0-0
定　　　　價：港幣 92 元 新臺幣 290 元

Published and printed in Hong Kong